Randolf Hebel

Politik mit Hundeklo

Satirische Erzählungen

blaetterhaus
verlag für buch, kunst & MEHR

1. Auflage 2011

blaetterhaus
verlag für buch, kunst & MEHR
www.blaetterhaus.de
Tharandt
Umschlag, Illustrationen und Layout:
Ute Kludig-Hempel
ISBN-Nr. 978-3-942571-05-0

Inhalt

Politik mit Hundeklo

In stiller Ruh lag Bad Lindenar im Viertelmondschein.
Die Vögel schwiegen in ihren Nestern, nicht einmal die Linden rauschten.
Die Kurgäste lagen brav zu Bett, die Nachtkurschatten hatten sich dezent wieder ins eigene geschlichen, die Eingeborenen wie auch die Zuzügler waren in gutbürgerlichen Schlaf versunken.
Alle?
Nein, in einem schlauchschmalen Arbeitszimmer im Tiefparterre mit Tür zum Garten und Blick auf hohe Hecken tagte mitternächtens noch der Ortsverein der Partei „Die Feinen“ und entwarf das Programm für die Kommunalwahl.

„Wenn wir uns auf über 6 Prozent steigern, zieht ein zweiter Kandidat ins Rathaus“, träumte der Gastgeber und Ortsvorsitzende Knut G. seinem sechsköpfigen Vorstandsgremium vor und zog den drittletzten Tagesordnungspunkt durch: den Mitgliedsantrag der Erna Dröge, einer betagten und überaus streitlustigen, resoluten Dame, ehemals Ausbilderin an einer Katastrophenschutzschule. Sie war pensioniert in Bad Lindenar gelandet und zunächst bei der großen Partei der Wertewahrer untergekommen, von der und dort war ihr auch der Un-Ehrenname „Katastrophen-Erna“ hinterrücks verliehen worden.
Als eine unermüdliche Kämpferin fürs Wohl der älteren Generation hatte sie sich nämlich bei einem Rat der Wertewahrer unter sich, einer Fraktionssitzung, für neue Sitzbänke des Seniorenheims „Abendglück“ eingesetzt, die jedoch zugunsten eines Kinderspielplatzes abgelehnt wurden. Nur beiläufig bewertet von einem Ratsherrn: „Wir setzten das Geld für den Nachwuchs ein“, und er fügte halblaut hinzu: „Nicht fürs Friedhofsgemüse, das womöglich die rechte Spalte fürs Wahlkreuzchen gar nicht mehr erkennt.“

Vermittels Hörgerät piepste dieser Nachspruch, so zwischen den Zähnen dahingesagt, Erna Dröge ins Ohr, so dass diese mit bösem Blick und wortlos die Versammlung verließ, jedoch noch länger vor sich hin bebte und sich sagte: „Niemals die Kontinenz verlieren," getreu dem Spruch ihrer seligen Großmutter, man müsse stets die Contenance (also die Haltung) bewahren.
Kaum ruhiger geworden, offenbarte sie daheim ihrer Nachbarin mit betonter Bitte um Verschwiegenheit den Vorfall und erwies sich so als leutseliges Sprachrohr zum Volk. Die allgemeine Unruhe über das drastische Seniorenbild zog im Tageblatt ein öffentliches Dementi der Partei nach sich. Es handle sich womöglich bei der angeblichen Äußerung um das Missverständnis eines in seinem Hörvermögen behinderten Parteimitgliedes. Die Partei habe sich stets für das Wohl der verdienten reiferen Mitbürger eingesetzt. Das beweise demnächst die neue Sitzbank im Garten der Seniorenresidenz „Abendglück", welche die Partei schon vor Tagen als Spende in Auftrag gegeben habe.
Erna, die auf ihr hochwertiges Hörgerät nichts kommen ließ, sandte noch fuchtig in Fahrt am gleichen Tage per Einschreiben ihr Parteibuch zurück, mit dem einzigen Satz: „Das ist unerhört!"
Sie war am Rande der Contenance.
Von alldem blieben ihre ominöse Umtaufe zu Katastrophen-Erna, wenn man gemeinhin von ihr sprach, und eine wertewahrende Sitzbank mit Spendenschild, ergänzt durch drei mittelgroße Plastikgießkannen für den Friedhof, ebenfalls mit einem Partei-Logo der Wertewahrer darauf.

So nunmehr auf der Suche nach einem neuen politischem Betätigungsfeld, hatte Erna beim Ortsparteivorsitzenden der Feinen, also bei Knut G., vorgesprochen. Forsch im Ton und mit riesigen Augen, die ihr in jungen Jahren wohl einen Lolita-Look und manche Schmink-Chance beschert haben mochten, im Alter

jedoch gnadenlos zum Scharfblick einer wachen Eule mutiert waren.
„Großmutter, was hast du für große Augen“, dachte Knut G., als er ihr höflich beschied, ihr Antrag werde bei der nächsten Sitzung verhandelt. An sich hätte sich diese, mit Verlaub, Schmalhans-Partei über Zuwuchs freuen sollen, freilich im Falle Erna setzte sich Knuts Ansicht, diese Frau sei indiskutabel - im sechsköpfigen Gremium einstimmig abgenickt - durch.
So auch bei Heinz-Siegfried M., der als notorischer Frühaufsteher kurz vorm Einnicken von der dünnen Flora, Parteikassenwärterin, zugeraunt bekam: „Abstimmen, Sigi! Katastrophen-Erna will in die Partei. Woll'n wir aber nich.“
Nunmehr, inmitten der Geisterstunde, präsentierte Knut seinen Höhepunkt: Seinen eigenen Plan der Umgehungsstraße, die im Gegensatz zum Plan der Wertewahrer nicht südlich, sondern nördlich um das Städtchen führen sollte.
Dies pries er als eine echte Alternative an, und er führte im Tonfall eines Frischverliebten seine ausgeklügelten Argumente ins Feld.
Eine kurze Diskussion entstand, da der Protokollant Möller, dessen Fertighaus in unmittelbarer Nähe der alternativen Umgehung steht, einen Einwand wagte. Es kam zu einer Mitgliederbefragung rund um den Tisch, auch zu dem kaum mehr wachen Heinz-Siegfried, der aufgerüttelt nach zwei verlegenen Sekunden sagte, er finde den Vorschlag durchweg gut. Aus nächtlicher Eingebung oder um seiner Aufgabe als stellvertretender Parteivorsitzender Genüge zu tun, fügte er noch spontan hinzu, wie es denn wäre, wenn man im Kurort Hundeklos einrichtete, besonders im Park. Er habe entsprechende Institutionen mit Schild davor und Hecke rundum einmal ganz imposant in Montreux gesehen, ganz vorbildlich.
Sogleich erfasste die drei Hundehalter des Gremiums eine wache Welle, und während das Projekt Umgehungsstraße, mehr als Nebenstraße beiläufig bewilligt, ins Parteiprogramm einmündete, erstrahlte das Hundeklo als neuer Nachtordnungspunkt.

Der Parteivorsitzende, überzeugter Katerbesitzer, musste sich mitreißen lassen.
So erblickte der Plan Hundeklo das Mondlicht der Welt, Kaffee und Wein wirkten wieder und das Gremium hatte sein eigenes Thema.
Als schon der Morgen ins Fenster graute, lagen dazu mannigfach Slogans und Bilderideen für den Programmprospekt parat. „Für ein sauberes Bad Lindenar", dazu das geplante Foto eines Hundes mit Parteifahne in der Schnauze. Offen blieb vorerst nur die Rasse des Vierbeiners.
Und noch bevor die Sonne ein graues Bad Lindenar zu farbiger Postkarte erhellte, träumte die auf hellwach adrenalisierte Kassenwärtin Flora schon von einer Modelkarriere ihres Pinschers Freddy.

Am zweiten Tag danach erstrahlte Idee im Tageslicht der Öffentlichkeit. Ein Zeitungsartikel als Aufschrei nach Hygiene und Hundeklos - mit einem eindrucksvollem Foto: Hockender Hund im Produktionsvorgang mitten auf dem Kurparkweg. Hierzu hatte Protokollant Möller den vortags reich gefütterten Bernhardinermischling Wülfi von seinem Bruder aus dem Nachbarort engagiert, der dann endlich, nachdem man sehr früh morgens eine lange lange Runde mit ihm gedreht hatte, auf seine Weise eine ebensolche exponierte.
Unter dem Foto ein dickes Nein mit Ausrufezeichen. Das wirkte. Auf alle, die vom Kurbetrieb lebten, auf alle mit Schaufel und Tütchen ihren Fiffi gassiführenden Hundehalter, auf die Muttis, die ihre Kleinen vor Hundehaufen sorgsam hüteten, auf jene, die schon einmal ins Glück getreten hatten und auf alle Hygieniker sowieso.

Eine wahre Flut von Leserbriefen ans Tageblättchen und an Knuts schlauchschmale Parteizentrale folgte und beschwor einen anti-analen Enthusiasmus herauf, der auch für die dünne Flora erblühte: Als sie mit ihrem vorsorglich entleerten Pinscher Freddy im Park promenierte, sprachen sie gleich drei

einheimische Spaziergänger an, es sei gut, dass die Feinen sich so für Sauberkeit einsetzten. Freddy wurde gestreichelt und drei Wahlkreuzchen mehr waren in Aussicht.
Die Weiterwirkung: Das Tiergeschäft Wernher mit angeschlossener Hundeschule dekorierte das Schaufenster auf Hund und bot einen Hygienekurs für den Vierbeiner an. Das Fotogeschäft Hilbert engagierte sich mit dem Schaufensteraurufː „Wir suchenden den Top-Dog fürs Hygienefoto - Bewerbungen mit Bild bitte bis Donnerstag hier einreichen." Aus rund sechzig Bewerbungen wählten das Gremium der Feinen und der Chef Hilbert vom Fotoladen einen Pudel aus, dem man vorm Shooting ein Stöckchen mit feiner Parteifahne in die Schnauze gesteckt hatte. Die absehbare Kränkung aller übrigen Bewerber milderten Knut und Co. in einer mühevollen handschriftlichen Briefaktion an alle Hundemamis und -papis, mit viel Lob und Dank, der Liebling sei in die nähere Auswahl gekommen etc. Danach stimmten die fleißigen Schreiber nach einstündigem Für und Wider ab, welches der zehn Fotos vom pudeligen Fahnenträger auf dem Wahlprospekt prangen sollte.

So wurden die Feinen im Nu eine populärere Partei, sonst eher von Handeltreibenden und Zahnärzten begünstigt; letztere finanzierten einen weiteren steuerlich absetzbaren Coup: den Pudel mit Parteifahne als Stofftier. Der war nicht nur bei Kindern der Renner, als Knut und Flora ihn am Markttag am Parteistand an die Anstehenden verteilten. Beide, glücklich gestresst, fanden kaum Zeit, den Anblick der spärlich besuchten Stände der anderen Parteien zu genießen.

Schließlich, weit über den Marktplatz hinaus, erwog sogar die Landesparteizentrale die ortstübergreifende Übernahme des Projektes Hundeklo und entsandte auf eigene Kosten den Hundeforscher Professor Künlieb von der tierärztlichen Hochschule, der im voll besetzten Kurhaus den Vortrag „Die Erziehung des Hundes zur Hygiene" hielt. Angemessen populärwissenschaftlich klärte der Herr Professor das Publikum über die

grundsätzliche Erziehbarkeit des Hundes auf, kam dann auf des Pudels Kern, den Kot, zu sprechen, dessen häufige Gefahren er mit Dias von Bakterien und Mikroben im Großformat sowie einem Video mit Band-, Spul- und Hakenwürmern imponierend vor Augen führte.
Als das Publikum den Vortrag kräftig beklatschte, dankte Knut in feinem Nadelstreif und mit einem Blumenstrauß dem Redner nachdrücklich im Namen der Partei. Der Herr Professor Dr. Dr. Dr. Künlieb habe das Problem eindrucksvoll zum Ausdruck gebracht. Erneuter Beifall, und endgültig hatte Knut seine Umgehungsstraße als beiläufig akzeptiert. Innerlich jubelte er dazu: ‚Welch ein Erfolg!‘, und sah sich schon als Fraktionsführer mit dem gesamten Vorstand im Stadtrat.

An einem Tag, als die Gärtner im Kurpark Begonien auf die Beete pflanzten und sich die ersten jüngeren Kurgäste im Jogginganzug um die Stehtische der Bäckerei Kollermann sammelten, biss das Schicksal zu.
Vermittels eines Dackels, auf den ein zweieinhalbjähriges Kind, ermuntert durch Mamis: „Schau Basti, ein Wauwau!“, neugierig zutapste, mit ausgestrecktem Händchen, in das der Vierbeiner spontan seine Zähne schlug.
Das Kind schrie, die Mutter noch mehr, rettete es auf den Arm und lief in die Praxis am Kurpark, wo der Arzt noch etwas Gebissabdruck, aber nichts Blutiges feststellte. Folglich war keine Tetanus-Impfung nötig, nur für die Mutter eine Spritze zur Beruhigung.
Freilich blieb soviel an Drama, dass nun am Hundehimmel der Feinen eine bissig schwarze Wolke aufzog und ein vernichtendes Gewitter androhte. In einer Krisensitzung mit veterinärem Beirat und nach drei Anrufen bei Professor Dr. Dr. Dr. Künlieb verfasste das Feinen-Gremium eiligst einen Zeitungsartikel über das abweichenden Verhalten von Hunden im seltenen Ausnahmefall, vielfach belegt mit sachspezifischen Zitaten.

Für Erna jedoch brach eitel Sonne hervor. Sie hatte unterdessen Heimstatt bei der freien Bürgerpartei gefunden und setzte nun unverzüglich eine Initiative in Gang: Schutz für die Kinder, Hundeverbot im Park, Leinenzwang sowieso - bis zur Forderung nach Hundehalter-Pflichtschein. All das auf einem Flyer mit rot durchkreuztem, Zähne zeigendem Rottweiler und friedlichen kleinen Kindern daneben.
Überdies wurde Erna nicht müde, mit dem Fahrrad durchs Städtchen zu tingeln, um die freibürgerlichen Handzettel aus ihrem Fahrradkorb zu verteilen. Dabei sprach sie nahezu jeden an, fand lauter Lob fürs Schutzprogramm der Bürgerpartei und weckte mit naturgegebenem Großblick selbst die Oma- und Opa-Instinkte enkelloser Rentner.
Spätestens ab da nahmen Mütter ihren Kindern die feinen Parteihündchen aus den Händchen oder rissen diesen zumindest das Fähnchen aus dem Maul, und der Tierladen Wernher dekorierte das Schaufenster auf Wellensittich und Kaninchen um. Die Wertewahrer schließlich entfernten beim Neudruck ihres Partei-Prospektes noch rasch den Dackel aus dem Abbild der glücklichen Zweikinderfamilie mit Oma.
Auf dem Marktplatz blieben die Parteivierbeiner im Rudel auf dem Tisch der Feinen und wurden am Markttag vor den Wahlen durch Kugelschreiber und Rosen ersetzt. Am Stand der Wertewahrer diskutierte man mit Seitenblick auf die Feinen wieder erbaulichst, während unter dem weißen Sonnenschirm der Bürgerpartei eine emsige Erna Dröge Blumensamen an die Senioren und niedliche Sandkastenschaufeln an die Kinder verteilte.

Am Wahlsonntag saß der Vorstand der Feinen seit der Kaffeezeit im schlauchschmalen Zimmer, abwartend, Tee trinkend.
Flora hatte ihren Pinscher Freddy dabei und streichelte ihn jede zweite Minute. Stellvertreter Heinz-Siegfried öffnete eine zweite Schachtel Zigaretten. Alle nippten sie an Kamillentee und warteten auf Knut G., der ins Rathaus geeilt war, um die Wahlergebnisse schnell und vor Ort zu erfahren. Sie hatten 0,5

Prozent eingebüßt, was gerade noch für den einzigen üblichen Stadtratsstuhl reichte. Die Bürgerpartei konnte drei Sitze dazugewinnen, mit Erna Dröge an der Spitze.
Knut dachte müde an seine Umgehungsstraße und öffnete vom Garten aus die schlauchschmale Zimmertür, setzte sich, nahm ein Bier und drückte sich nur kurz und unfein aus:
„Alles für die Katz. Verdammte Kacke.“

Champagner und Gedächtnis oder: Die Großzügigkeit

Reiners kleines Büro ist zweckmäßig eingerichtet, nüchtern, ohne Dekor - bis auf einen pflegleichten Kaktus, einen Dreimonatskalender ohne Bild und rechts und links vom Schreibtisch an weißer Rauputzwand jeweils einen dunkelgrauen, DIN-A4-großen Bilderahmen mit einem Leitspruch. Der rechte lautet:

„Sag, was du willst, kurz und bestimmt.
Lass' alle faulen Phrasen fehlen!
Wer nutzlos meine Zeit mir nimmt,
bestiehlt mich - und du sollst nicht stehlen."

Der linke:

„Aimez donc le détail, il n'est pas sans gloire."

Das ist Französisch und heißt verdolmetscht: „Lieben Sie das Detail, es ist nicht ohne Ruhm." Der Spruch geht auf Friedrich den Großen zurück, der zumeist französisch sprach, aber immer preußisch dachte. Reiner hatte sich, ist man doch heute ganz global, für die französische O-Version entschieden, diese aber nach Art der Bibelsprüche in gotischer Schrift ausgedruckt - ein Hauch von Tradition.

Soweit zu Reiners Arbeitsambiente, in dem er gerade im Konto „Reinigung" das Detail „Jahresverbrauch von Toilettenpapier" überprüft, ein notwendiger Beitrag zum Betriebsergebnis. Er füllt in diesem Sinne die Excel-Tabelle aus:
Mehrverbrauch im Februar, der geht auf ein Wandervirus mit der Folge von Durchfall zurück. Weniger erfassbar bleibt der mutmaßliche Diebstahl von Rollen - die praktische Rolle im Handgepäck dieses oder jenes Mitarbeiters muss statistisch einkalkuliert werden. Zusätzlich noch der Entlastungsfaktor

der Mitarbeiterin Anna aus der Finanzabteilung. Anna, so weiß man und verschweigt man, leidet unter knotenförmigen Erweiterungen im Gesäßausgangsbereich; sie lindert diese Qual durch eine Art Schwimmring mit Plüschbezug auf dem Bürodrehstuhl und sorgt selbst für ihre persönliche Endreinigung mit sanftestem Papier .

Dies relativiert den Pro-Kopf-Verbrauch des Klopapiers insgesamt gesehen bei der abschließenden Auswertung. Apropos, es bliebe dann noch der dezente Reinlichkeits-Charme von feuchtem Zusatzpapier auf dem Kundenklo ins Kalkül zu ziehen …

In diese konzentrierte Rollenkontrolle schaltet sich ein Telefonanruf seiner alten Bekannten Mechthild dazwischen. Der passt nicht in die Tabelle. Aber lieber gleich als später löst er den plötzlichen Konflikt „Klo oder Mechthild" in rascher Eingebung und nach dem Vorbild seiner Ex-Freundin Nina, die einmal mit der linken Hand das Handy, ihr eigenes, am Ohr hielt, mit der rechten ein Dreigängemenü verblüffend glatt zu Tisch und Teller brachte - mit jener Leichtigkeit des Seins, die dann wohl auch ihrem gemeinsamen Lebensabschnitt ursächlich eine Sechsmonatsgrenze setzte.
So wird Mechthild am Apparat laut geschaltet und die Telefonmuschel gehörig sprechnah neben den Rechner gelegt.
Ihre Nachbarin aus der Wohnung gegenüber, Frau Gloske, tönt es, die sei ja nun wirklich ein Problem. Viermal in den letzten zwei Wochen sei sie stark beschickert nach Hause gekommen, einmal mit einem jüngeren Mann, der ihr Sohn hätte sein können, dann am Arm eines etwa gleichaltrigen Kerls mit schwarzem Schnurbart, vermutlich ein Türke; und gestern gegen Mitternacht allein, singend und so betrunken, dass sie rund zwei Minuten gebraucht habe, bis sie das Schlüsselloch zur Wohnung fand. „Ich weiß ja nicht, ob ich ihr helfen soll?
Alkoholismus ist ja eine Krankheit und dann noch die Aids-Gefahr … " Pause.

„Schwierig“, sagt Reiner rasch Richtung Muschel und denkt an eine technische Vorrichtung, die stumm mit Warnblink die Sprechpausen des Anrufenden anzeigt, so dass man Telefonate gegebenenfalls auf leise umstellen und dann zum passenden Zeitpunkt mit einem kommunikativen Urlaut reagieren kann. „Ich trinke ja selbst auch gern mal ein Gläschen, ach übrigens, gestern habe ich die Flasche Champagner geköpft, die du mir geschenkt hast, was ganz Edles, mit meiner Freundin Lisbeth zusammen, die hat nämlich im Spiel 55 ganze 555 Euro gewonnen, und dies ist ja nun ein guter Anlass gewesen, und der Lisbeth, die wegen ihrer Migräne mit Alkohol vorsichtig sein muss, ist der gut bekommen … mir natürlich auch.“
… Mechthild Champagner geschenkt? Nun gerät Reiner aus dem Konzept, hält inne in der Tabellenspalte Monat Mai. Hat er ihr denn tatsächlich Champagner geschenkt? Das widerspräche ganz grundsätzlich seinem Geschenkkonzept. Und seinem Gedächtnis. Aus dem Telefon tönt: „Aber ich rede ja die ganze Zeit von mir. Wie geht es dir überhaupt und wie denkst du denn darüber, wenn ich auf meinem Balkon eine Markise anbringe … oder doch lieber einen Sonnenschirm aufstelle?“
Eine gute Viertelstunde übt sich Reiner noch im Multitasking.
Dann fällt Mechthild ein, dass sie sich ja noch auf ihren wöchentlichen Gesprächskreis vorbereiten muss. Sie bedankt sich für den schönen Gedankenaustausch und verabschiedet Reiner in die Eingleisigkeit der Juni-Kontrolle.
Halt, der Mai, war da etwa Durchfall? Nicht, denn ein Komma war falsch gesetzt. Rasche Korrektur, dann einen Bleistift nachgespitzt. Die Kontrolle rollt weiter in den Sommer.

Abends daheim bei der Lektüre der Financial Times perlt Reiner wieder Mechthilds angeblicher Champagner durch den Kopf, so dass er einen Zeitungsartikel über Nachahmerprodukte ohne rechte Konzentration so dahin liest. Was war mit Mechthild, was mit Champagner? Er lotet das Gedächtnis aus. Als er sich aus dem ehemaligen Betrieb verabschiedete, hatte er Mechthild und den Kollegen im Büro angesichts des höheren Gehalts im

jetzigen als Ausstand Champagner spendiert. Es taucht das genaue Bild von sogar zwei Flaschen und einer Platte mit kleinen Blätterteigpasteten vor ihm auf und dabei Mechthild, die ihm zuprostet ... dies wäre die deutliche Verbindung zwischen Mechthild und Champagner.
Aber normalerweise verschenkt er an Frauen einen südfranzösischen Sekt, nicht vom Discounter, sondern aus dem Großhandel, einen leicht süßen, dank einer zweiten Muskatellertraubengärung feminin fruchtigen.
Der kommt bestens bei den Damen an und kostet ziemlich pro Flasche genau ein Drittel von dem, was man im Vergleich dazu für Champagner hinlegen muss. Wann, und überhaupt, hat er nun der Dame Mechthild Süßsekt geschenkt, den sie mutmaßlich für Champagner hielt, sie kann sich ja irren.Noch während der Tagesschau geht ihm „diese dumme Puff-brause" durch den Kopf. Prinzipiell liebt er Champagner und grundsätzlich liegen bei ihm im-mer drei Flaschen auf Vorrat - und da-neben eben vorver-packter süßer Sekt zum Verschenken an die Damen. Generell gilt: Er gönnt sich selbst gern ein Fläschchen, alle paar Monate, das kommt billiger als jeden Abend ein banales Bier.
Ein kontrollierter Alkoholgenuss beispielsweise Samstag abends, nach Abschluss der Steuererklärung, wenn denn am Sonntag nichts anliegt - dann ein prickelndes Schweben über den Dingen, so selig, so beschwingend, dass er seine Ex-Freundin Nina oder auch Mechthild anrufen könnte; um dann, gegen Mitternacht, gedankenlos und leicht in den Schlaf zu sinken.
Aber so wie jetzt ist er nie mit Champagner ins Bett gegangen. Noch einmal, denkt er vorm Einschlafen-Wollen, hat er Mechthild nun vielleicht doch Champagner geschenkt?! Hat er sich beim Flaschenvorrat in der Vorratskiste vergriffen, versehentlich die andere statt der einen Flasche für Mechthild mitgenommen? Dann diesen Griff daneben unbewusst durchgehen lassen? Oder etwa bewusst so geplant, schließlich dankt er doch seiner einstigen Kollegin Mechthild diesen oder jenen prak-

tischen Berufsalltagstrick … Er schlägt die Bettdecke zurück und begibt sich zu seinen Vorratskisten Schaumwein. Drei Flaschen Champagner in der einen Kiste, in der anderen vier Flaschen Süßsekt, jede in Folie verpackt mit rosa Kräuselschleifchen. Er zweifelt an sich und seinem System. Könnte er sich nun doch ausnahmsweise, vielleicht in Champagnerlaune, vertan haben? Er bedenkt sich. Eher so. Warum sollte er sich der lieben Mechthild gegenüber nicht einmal als Mann von Welt mit feiner Flasche erwiesen haben. „Ich habe Stil und verfüge frei über meine Flaschen." Er ringt ums Erinnern, sollte jedoch schlafen. Gegen Mitternacht endlich endet der Kettentanz der Gedankengeister.

„Ich bin nicht kleinlich, ich habe Mechthild ausnahmsweise einmal Champagner geschenkt. So ist eben mein Wesen, eben nobel …"

Seiner Natur nach großzügig, wie es auch das Beispiel belegt, dass er seinem Bruder vor viereinhalb Monaten vertraglich ein Privatdarlehen zu einem ganzen Prozentpunkt weniger als die Bank gewährt hat.

Champagner war's, Schlusspunkt.

Er wird Mechthild beim unausweichlichen nächsten Anruf sagen, wie sehr es ihn freut, wenn ihr und der Freundin sein Champagner gut gemundet hat. Nun ist die Welt für ihn wieder in den Fugen und damit verfügbar, er schläft zufrieden ein. Nicht ohne Traum. Darin schleicht er sich aufs Kundenklo, bringt eine Flasche Süßsekt mit feuchtem Papier zum Glänzen, bevor er sie mit Klopapier aus der Betriebs-Vorratskammer verstohlen einpackt und mit einem Schildchen „Für Mechthild" versieht.

Hellenas Busen
oder: Die indirekte Rede

Nicht für jede ist es von Vorteil, mit einem überaus mächtigen Busen zu leben. Eine damit bedachte Dame war die Deutschlehrerin Hellena Freudenberg; sie empfand diese Zugabe der Natur praktisch als Last und fühlte sich durch häufige Augengrabscherei bedrängt.
Korrektur unterm Messer kam nicht infrage, hatte sie für sich bestimmt. Lediglich ihre buschigen Augenbrauen zupfte sie sich - als Korrektur light - samstags auseinander und schmal - und was nun immer hinsichtlich der Brüste an Kleidung kaschieren konnte, sie trug es: übergroße Pullover, weit fließende Kleider und mächtige Mäntel für einen Körper mit starken Schultern und wenig Rundung im Becken. Sie sei ein T-Brett mit Superballons, hatte ein bärtiger Kollege Hellena insgesamt gesehen einmal bewitzelt, im Raucherzimmer des Gymnasiums, als drei Herren unter sich pafften.
(Dabei dachte der Bärtige an seine wohlproportionierte und zudem promovierte Frau, die erfolgreiche Leiterin eines Berufskollegs.)
Bliebe noch zu ergänzen, dass Schüler der zehnten Klasse Frau Freudenberg „Busenta" tauften, indirekt inspiriert im Deutscunterricht eines bejahrten wahrhaft hageren Hagestolzes - der seinen Zöglingen die Ballade des Poeten Platen „Das Grab im Busento" unerwartet nahe gebracht hatte.

Rücksichtslos zog dieser entdeckte Neckname seine bleibenden Kreise. Wir freilich wollen ihn nicht verwenden, obwohl er an und für sich weich und wohl klingt.

Dass sie nicht als Frau Freudenberg, sondern hinterrücks als „Busenta" im Sprachgebrauch war, wusste Hellena, wen wundert's, im Gegensatz zu allen anderen nicht, als sie an jenem Tag, der alles ins Rollen bringen sollte, gutgelaunt einen Kaschmirpullover überzog und sich gedanklich auf das

Steckenpferd setzte, mit dem sie seit gut acht Jahren durch die neunten Klassen ritt: die korrekte Wiedergabe der indirekten Rede.
Das sei, sagt sie in der dritten Schulstunde den fünfundzwanzig Pubertierenden der neunten Klasse, ein Teil der Möglichkeitsform, nämlich des Konjunktivs, womit sie ein seit Schülergenerationen unbeliebtes rotes Tuch der Grammatik auch fachgerecht lateinisch einführt.
„Es kommt darauf an, Aussagen anderer Leute angemessen wiederzugeben, und zwar so, dass man wiedergegebene Sätze in aller Form als die jeweils eigene Meinung des Sprechers darstellt.“
(Sie betont dabei „eigene Meinung“.)

„Beispiel: Peter sagt : ‚Ich bin krank.‘
Das geben wir korrekt wieder:
Peter sagt, er sei krank.

Kann sein, dass Peter wirklich krank ist, oder aber, er täuscht vor, krank zu sein, vielleicht auch, dass er sich nur für krank hält, es aber in Wirklichkeit gar nicht ist. Fragen dazu?“
Hellena lässt die Schüler eigene Beispiele bilden, wobei es bei einem Beitrag zu dem Fehler kommt, den sie nahezu erhofft hat und gegen den sie grundsätzlich und seit Jahren ankämpft wie eine Doña Quijote gegen die Windmühlenflügel des populären Sprachgebrauchs. So zieht sie mit einem neuen Satz streitfroh zu Felde:

„Karl sagt: ‚Ich habe nicht abgeschrieben.‘“, was ein Schüler so in die Reportage überträgt:
„Karl sagt, er hätte nicht abgeschrieben.“

„Das ist unkorrekt!“, kommentiert Hellena mit unterdrücktem Triumph, dem wuchtig gekränkten Schüler aber insgeheim dankbar, denn nun kann sie erläutern:

„Wenn es so hieße, dann wäre dies der Ausdruck der Unwirklichkeit. Man hat nämlich anzunehmen:

Karl sagt, er hätte nicht abgeschrieben, wenn bzw.
falls er genügend Zeit zum Lernen gehabt hätte.

Diese Bedingung ist aber nicht erfüllt. Sie fehlt, und Karl hat tatsächlich abgeschrieben."
Hellena schwingt sich zur Höchstform auf und mit „richtig"und „falsch" (die falsche Version mit Rot durchkreuzt) verewigt sie das Beispiel auf Folie, projiziert es mit Overhead an die Leinwand, weniger freilich in die Köpfe der Schüler. Weitere Beispiele enden mit dem Stundenschlussgong.
Während die Schüler sich in die eigene Wirklichkeit der Pause begeben, kommt ein Mann ins Spiel ums Mögliche.
Nämlich der Herr Dr. Mattuschke, der Priester des Ortes, der mit katholischem Religionsunterricht am Gymnasium beauftragt ist.
Ein vierzigjähriger schmucker Herr in anthrazitfarbenem Anzug, wie ein reifer Apoll von Belverdere nach einem halben Jahr Body-Building, dunkelhaarig mit wasserklaren Augen, wohlstimmig und Schwarm mancher Kanzelschwalbe über die Sonntagsmesse hinaus - dazu der Träumling einer Schülerin der elften Klasse, die zum x-ten Male „Die Dornenvögel" liest und diesen Roman über eine tragische Priesterliebe mittlerweile passagenweise auswendig weiß.
Fromme Gemüter mögen darüber rätseln, wer auf seine luxuriöse Gestalt Einfluss nahm, der liebe Gott vielleicht in Champagnerlaune oder gar in arger List der von Papst Paul VI. im Jahre 1972 als beängstigendes spirituelles Wesen bestätigte Teufel.
Jedenfalls konnte ihn ein auf Kleriker-Kleidung spezialisiertes Atelier mit einer Spende zugunsten der Caritas als Model für ihre Vorlagemappe gewinnen.
Dieser gute Mann Gottes nun spricht mit ihr über eine Exkursion, die er mit dem elften Jahrgang plant, er möchte die

betroffenen Schüler aus Hellenas Kursen beurlauben lassen für den Besuch der Sonderausstellung: „Das Jesuskind auf Gemälden in Mittelalter und Neuzeit".
Der letzte hinausgehende Schüler fragt kurz dazwischen, ob er die Klassentür schließen solle, erhält aber von Hellena, im Hochgefühl des Konjunktivs, als geistreiche Entgegnung: „Lass sie ruhig offen. Sonst könnte noch jemand behaupten, ich hätte hier heimlich ein Techtelmechtel mit Herrn Mattuschke."
Dieser exzellent in der Unwirklichkeit formulierte Satz löst bei Mattuschke ein kaum hörbares Räuspern und den Abbruch seiner inneren Frage aus, ob Hellenas Kaschmirpullover beige oder eher braun sei.
Auf dem Schulhof wurde Hellenas Ausspruch sogleich und lebhaft wiedergegeben als „Die Freudenberg hat gesagt, sie hätte was mit Mattuschke" und entfaltete so seine eigene Wirklichkeit. Den Ausdruck „Techtelmechtel" war dem Quelleninformanten nicht geläufig, gleichwohl aber läufig wie ein Höllenfeuer verbreitete sich seine Kunde in der Pausenhalle und auf dem Schulhof, stellte an über hundert Mittagstischen jedes Schnitzel in den Schatten, setzte jede versiebte Klassenarbeit zur faden Nachspeise herab und war bald als Leckerbissen in aller Munde, phantastisch gewürzt in der kleinstädtischen Gerüchteküche.
Bald traten alle engagierten Berufsmütter in Aktion, namentlich Frau Zausig, akademisch, weil ehemalige Grundschullehrerin, und treue Gattin eines angesehenen, kleingestaltigen Internisten ohne Haar. Sie bereicherte mit dem freundlichen Gesicht einer leicht geschminkten Katze und unbestrittener pädagogischer Kompetenz den gymnasialen Schulelternrat; darüber hinaus schmückte sie ehrenamtlich den katholischen Altarraum samstags mit Blumen. Dies nicht, weil sie etwa dem geistlichen Charme des Herrn Mattuschke erlegen wäre, sondern um Gottes und des Glaubens willen.
Als so weitläufig Berufene traf Frau Zausig auf die Empörung von Frau Achtengel, die nämlich von unbestimmter Unruhe heimgesucht war, seit sie vor Wochen zwischen Tür und Angel

ihren elfjährigen Filius mit heller, freilich etwas auf Macho gequälter Stimme ins Handy sagen hörte: „Die Freudenberg hat Titten, da kriegst'n Steifen …"
Mutter Achtengels sofortiges Telefonat beim Hausarzt, ob sie sich nun Gedanken machen müsse, der sie dann wie ein Pferdeflüsterer beschwichtigte, hatte kaum Frieden in die mütterliche Seele gebracht. So dass Mutter Achtengels Sorge auflebte mit aller Militanz, das Allgemeine betreffend.
Beide Damen als Cherubinen der guten Sitten wurden nach zweiwöchigem Gärungsprozess in der Sache Freudenberg/Mattuschke beim Schulleiter vorstellig, bestärkt nach geheimen Absprachen im Elternrat und katholischem Kirchenvorstand.
Der Herr Direktor bat sie in seinem bilderarmen Büro Platz zu nehmen und bedeckte ein Blatt Papier, auf dem er seine Finanzeinbußen bei vorzeitiger Pensionierung ausgerechnet hatte. Er war unterdessen zwar bezüglich der angeblichen Affäre Freudenberg/Mattuschke im Bilde, hatte jedoch gelassen alles als Tratsch abgetan. „Warten wir in Ruhe ab, meine Damen. Ich verstehe Ihre Sorge durchaus. Aber wenn man nach dem ginge, was die Leute sagen, dann hätte meine Tochter ihr Kind dreizehn Monate ausgetragen. Das Gerede, es wird sich gewiss alles legen."
Es legte sich nicht.
Was Hellena und Hochwürden Mattuschke selbst nur als hintergründigen Wandel hätten wahrnehmen können, neugierigere Blicke, Getuschel von zusammengesteckten Köpfen, ging ihnen an der Brust vorbei, bei ihren jeweiligen Stadtgängen oder beim Eintritt ins Lehrerzimmer, wenn rasch das Thema gewechselt wurde.
Dr. Mattuschke fragte sich lediglich etwas verwundert, warum die Messe plötzlich auch von ein paar Evangelischen besucht wurde, wieso neuerdings nur eine Sparversion von Blumen den Altarraum zierte und weshalb zwei, drei Männer ihm überraschend mutig ihre Seitensprünge beichteten.

Er zog darüber nur kurz die Brauen zusammen und tat es damit ab, genauso wie einen ominösen Telefonanruf: „Hier ist die Molkerei Tittenberg, haben Sie Milchbedarf?"
Vermutlich als allerletzter hätte auch er mitbekommen, dass mancher ihn hinter dem Rücken Dr. Mabuse nannte.
Anders bei der armen Hellena, die von einer ganzen Serie anonymer Anrufe heimgesucht wurde. Des Inhaltes: „Hier Bischof Langhans. Ich wollte mich zur Massage anmelden." oder mit einem einzigen Wort: „Du Priesternutte!" Nach einem siebten Anruf dieser Unart riss sie die silberne Nabelschnur zur Außenwelt aus der Steckdose - und noch bevor das Festnetz-Telefon zum Objekt des Schreckens wurde, legte sie sich ein Handy zu, notgedrungen, denn sie hatte solches bislang immer als „terroristisches Spielzeug" und „Herzschrittmacher" abgelehnt. Damit war ihre Welt etwas beruhigter, die Umwelt hingegen nicht.

Drei Tage vor den Sommerferien saßen sie und Mattuschke dann unter sechs Augen vor dem Schreibtisch des Schulleiters zur Rücksprache. Mit Profilächeln suchte dieser die ihm peinliche Situation zu entkrampfen. Er sprach zunächst über Urlaub und Reisen, dann über dummes Gerede im Allgemeinen, ja, wenn es denn nach den Leuten ginge, und nannte erneut als geistreiches Beispiel seine dreizehn Monate trächtige Tochter. Aber es sei nun eine gewisse Unruhe entstanden und er habe die Pflicht, dem nachzugehen, zeige Verständnis für alles, wolle schützen, nehme nicht an, es sei wahr, was er nun ganz direkt fragen müsse, mehr der Form halber, nämlich: „Besteht zwischen Ihnen beiden eine nähere Beziehung?"
Sekunden steinerner Stille, dann lebte etwas auf wie lauernder Protest gegen Gott und die Welt in Hellenas finalem Satz:
„Jetzt reicht es mir aber!" Sie stand auf, verharrte einen Augeblick in beachtlichem Auf- und Abatmen, verließ das Büro. Ob mit einem Türknall oder was an Wörtern noch zwischen Direktor und Herrn Dr. Mattuschke war – offenbart vielleicht Frau Zausigs Glaskugel.

Ein Gefühl von Genugtuung wechselte in Zukunftsfreude bei Frau Freudenberg, als inmitten der Sommerferien der Umzugswagen Richtung Provinzhauptstadt fuhr, wo sie als Lektorin eines mittelgroßen Verlages den heimlich immer gehegten Wunsch nach einem anderen Leben Wirklichkeit werden ließ.

Man könnte dieses Ende der Stadt- und Schulplauderei als offen so stehen lassen. Aber im Irr- und Wirrsal von möglichen Wirklichkeiten und wirklichen Möglichkeiten, in einem Labyrinth von Unwahrscheinlichem, aber Wahrem gegenüber Wahrscheinlichem, jedoch Unwahrem mögen nun drei Versionen aus der Spielwiese der Worte freigegeben werden.

Erste Version

Auch Dr. Mattuschke ließ die Kleinstadtgeschichte hinter sich. Über beider Weggang wuchs nach einem halben Jahr Gras, nachdem zunächst provinzieller Ideenreichtum ins Wildkraut schoss - bis dann der evangelische Pfarrer dran war, der dem Vernehmen nach seinem Presbyterium gegenüber ein Konto unterschlagen haben sollte (dies zur Freude überzeugter Katholiken) und danach eine andere Kollegin der höheren Lehranstalt, von der es hieß, sie habe wegen Rückenleidens deshalb zwei Monate Kuraufenthalt benötigt, weil sie sich kurz vor den Wechseljahren einen kräftigen Achtzehnjährigen aus dem Abiturjahrgang in die Federn gezogen habe …
Dr. Mattuschke hatte beim Bischof selbst mit klaren Worten vorgesprochen und dieser, beeindruckt von Mattuschkes wortgewaltiger Rede und einer züchtigen Plauderei über kunsthistorische Darstellungen der Heiligen Jungfrau Maria, nahm ihn in seine unmittelbaren Dienste, so dass Mattuschke letztendlich als Pressesprecher des Bischofs die Mutter Kirche nach außen hin vertrat.
Zwischen „Busenta“ und „Doktor Mabuse“ kam es nicht einmal zu einer Postkarte, geschweige denn zu einem Telefonanruf – über kein Festnetz, kein Handy.
Vor Ort zerriss Frau Zausig ein Foto Mattuschkes und beendete das Kapitel ihrer floristischen Kirchengeschichte.

Zweite Version

Hellena hatte alle Tore zur Vergangenheit geschlossen und war unterdessen, wenn sie im Verlag Autorenmanuskripte überprüfte, gegenüber dem Sprachgebrauch der indirekten Rede milder geworden.
Als sie nun eines schönen Tages in einer Buchhandlung stöberte, berührt ein Geist des Vorlebens sie sanft und jäh zugleich an der Schulter:

Es ist Herr Dr. Mattuscke in hellem Freizeitanzug, der ihr nach verlegenem Auftaktsgerede offenbart, auch er habe sich aus Kirch- und Schuldienst entlassen lassen, arbeite nun als freier Journalist bei einem Sonntagsblatt.
Zwei Tage später sitzt Mattuschke bei gedimmten Leuchten und Candlelight in Hellenens Altbauwohnung.
Sein Blumenbouquet – üppiges Schleierkraut und leuchtend orangefarbene Rosen mit rötlichem Blütenblätterrand - steht auf dem Tisch neben zwei im Kerzenlicht funkelnden Kristallschälchen, eines mit Macadamianüssen, das andere mit Pralinen von dunkler und weißer Schokolade - auf letzteren leuchten grüne Pistazien. Ein sanfter Mozart tönt hintergründig zu rosamundigen Worten. Sie schüttet ihm ein Glas Rotwein ein und er ihr sein Herz aus. Intuitiv meidet er dabei den Klatsch ihrer Vorzeit. Er bricht einen scheuen Blick auf Hellenas Blümchenbluse rasch ab, es folgt ein Sturzbach an Sätzen. Er habe es längst satt gehabt, im öffentlichen Kreuzfeuer fortwährend beäugt und kommentiert zu werden, und immer wieder die Moral des Papstes mit rhetorischen Schlängeleien gleichzeitig zu verteidigen und anzugreifen; sowohl auf der Kanzel als auch im Schulunterricht. Und allenthalben diese Unterdrückung und heuchlerische Tabuisierung des - und nun nennt er mutig das Wort - Sex. „Hinter dieser Unterdrückung ", so schlussfolgert er wesentlich und nimmt energisch einen Schluck Wein, „da steht nicht so sehr der menschliche Geschlechtstrieb, wenn Sie wissen, was ich meine." Wann immer es angesichts des Tabus zu zotigen Witzeleien komme, dann offenbare sich darin das Bedürfnis, einfach nur die eigene Macht zu demonstrieren. „Im Beichtstuhl habe ich das stückweise erkannt, spätestens aber, als ich vor einer Vertretungsstunde in der fünften Klasse einen Schüler lauthals sagen hörte: „Nicole, du alte Puffnutte." Und auch als er selbst einmal vor der Abitur-Klausur die für die Prüflinge reservierten Klos nach Schummelmaterial überprüfen musste, was er da entdeckte an Bildchen, die trotz Azetonbehandlung noch in den Kabinen ersichtlich waren! So einen

noch unbehandelten, frischen Spruch wie „Der Schneider scheißt, der Direx kackt, bevor ihn seine Alte packt!“
„All das enthüllt doch nur den Wunsch, über etwas mächtig zu sein, eine Wirkung auszuüben, da steht nicht Sex im Vordergrund ...“
Hellena streicht sich eine Locke hinters Ohr und lächelt ihm mit andächtigem Blick aus blauschwarz dicht getuschten Wimpern zu - er lächelt zurück und sein Gehege weiß gelaserter Zähne zeigt sich, lässt sich dezent von seiner rosa Zunge umspielen - während sie mit ihrer Zungenspitze feststellt, dass ihr Lippenstift irgendwie nach Blumen schmeckt ...
Das Kristall funkelt vor sich hin und nun ist es, als hole ein kleiner, engelähnlicher Gott, verborgen hinter der silbernen Stereoanlage, einen Pfeil aus seinem mythologischen Köcher.
Als sie beim vierten Glas und mit unterdrücktem Kuss beim Du sind, fährt Hellena sanft über das Etikett der Flasche und in ihm wächst der Gedanke, es sei wohl Gottes Wille, dass beide nun so befreit beieinander sitzen.
Inwieweit und in welcher Form dieser Wille geschehe, ob der weinselige Austausch zwischen den beiden glücklich oder in einer normalen Ehe ende, sei der Wirkmacht des Möglichen überlassen.

Dritte Version

Dr. Mattuschke schlägt sich frei, will sagen lässt sich von priesterlichem Amt und Unwürden entbinden.
Er nimmt eine kleine Hochhauswohnung mit Überblick in der Provinzhauptstadt, worin er sich auch dank einer kleinen Erbschaft seiner gewiss seligen Tante Maria über Wasser hält. Eher zufällig springt er bei einem Beerdigungsinstitut als weltlicher Grabredner ein, und betrieblich geübt im Cocktail von Tränen, Trost und Sachlichkeit, nicht zuletzt dank Doktortitel und einnehmendem Äußeren geht er auf als Stern am Grab heidnisch Dahingegangener. Da deren Zahl wächst, verwirklicht sich

Mattuschke in einem einträglichen und natürlich konjunktur-unabhängigen Job.
Um angemessen zu verstehen, dass er nach Kontakt mit Hellena forscht, gilt es, zwei nach Praxis gierende und nunmehr hierzu freigesetzte Fantasien Mattuschkes zu erfassen.
Die eine kreist um die seltenen Gemälde der barbusigen Heiligen Jungfrau Maria, insbesondere das des Renaissance-künstlers Bernard von Orley.
Darin offenbart Maria gesenkten Blickes Gott und der Welt ihre rechte Brust, welche das Jesuskind lässig präödipal wie einen Spielball an sich hält - Vater Josef steht schwer definierbar im Abseits. Häufig hat Dr. Mattuschke die betreffende Kunstkarte aus der Schublade seines Schreibtisches ans Licht geholt und manche Minute über dieses Trio und den runden Mittelpunkt reflektiert. Sinnlich, aber sinnig, weil Kunst.
Seine zweite Phantasie entzündet sich - und wirkt nun feurig-an einem Gedicht aus Baudelaires „Blumen des Bösen", auf das er während eines Studienjahres am *Institut Catholique* in Paris stieß.
Dies Gedicht, ein Sonett, heißt „die Riesin" und erdichtet den Wunschtraum nach einem vorzeitlich mächtigen Weibe, zu deren Füßen der Poet sich wie ein wollüstiger Kater einrollt, deren Fleischesfülle er durchwandernd erforscht, um dann nach den begangenen Mühen ihrer Berge und Böschungen „im Schatten ihrer Brüste" einzuschlafen, satt selig.
Aus diesem Boden wuchs die Vision des Dr. Mattuschke - alias Mabuse - und der steht nunmehr auf der Wohnungstürschwelle der Hellena alias Busenta.
Er lächelt sie entwaffnend an, in der rechten Hand eine Flasche vorgekühlten Champagners, in der linken einen Anthurien-strauß. Vor Überraschung nimmt ihm Hellena beides nicht gleich ab, so dass er sie unfreihändig umarmt, mit Anstand und partiellem Anstoß gegenseitig. Als sie auf der Couch sitzen, setzt der Mechanismus der Sinne vollends ein, er sagt mit einem Restzugeständnis an die Bildung frei nach Goethe: „Der Worte warn genug gewechselt, nun allem zum Trotz die Taten."

Die Bilder Bernards und Baudelaires im Kopf, lässt er diese nun teilweise Fleisch werden, umkreist handfest Busentas rechte Brust, sie keucht, als hätte sie Asthma: „Da ist doch noch eine.“ Das Weitere sei das Übliche, für diesen Fall noch Unübliche.
Er kommentiert noch kurz: „Einst die Pfarre - jetzt die Knarre!“ Mit letzterem meint er das, worauf es hinläuft, in die Horizontale des französischen Bettes der Hellena von Freudenberg.

Vierte Version

Sei der Kreativität Lesers überlassen.

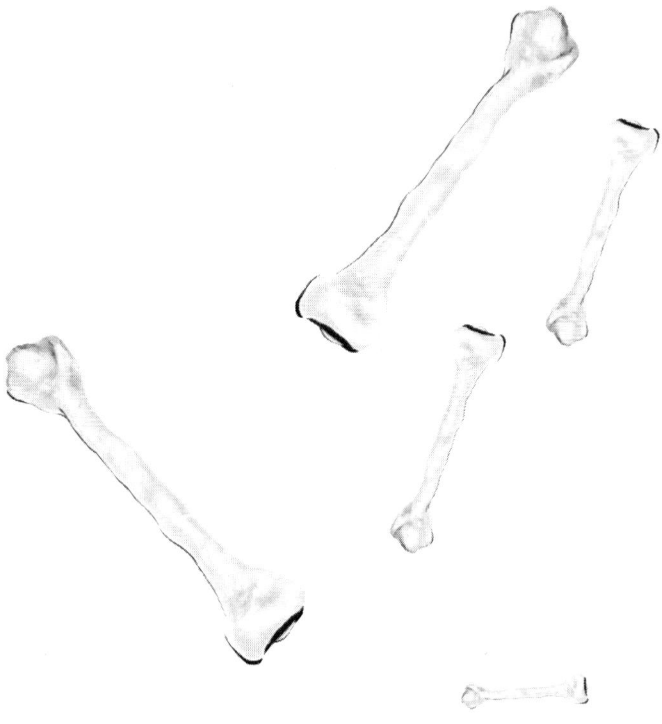

Lichter um Lisa

Alexander traf Lisa von Bernard erstmalig, als sie noch nicht am Stock ging und er als Student der Fächer Mathematik und Evangelische Religion Lehrer werden wollte.
Es war an einem Neujahrsmorgen noch im vergangenen Jahrtausend während eines Gottesdienstes, zu dem er sich verfügt hatte, unverkatert und unbegleitet von seinem Onkel Ottfried und seiner Tante Ulla, die er zur Jahreswende auf ein paar Tage besuchte. In der Silvesternacht, kurz bevor die Raketen in die Luft pfiffen und die Böller heidnisch aufknallten, hatte Tante Ulla ihm ins Gesicht geprostet: „Morgen um zehn zum Gottesdienst …? Mitten in der Nacht? Nein, zur Kirchen gehen wir höchstens bei Hochzeiten und Beerdigungen, und heute sind wir Sektierer!"- und öffnete dabei eine dritte Flasche Schampus. „Außerdem", fügte sie hinzu, „mag ich diese Zuckerrübe nicht." Damit spielte sie unbarmherzig auf Körperform und Diabetes ihres Gemeindepfarrers an.
Heiter setzte sie noch eins drauf: „Der hat ja neulich seine Verhüterlis aus der Portokasse bezahlt. Zum Wohl!" Sektmund tut Wahrheit kund, tatsächlich hatte der Herr Pfarrer wohl den betreffenden Einkauf in Tante Ullas Drogerie mangels Münzen mit Briefmarken abgewickelt.
Wie dem auch war, Alexander nahm zum Neujahrsgottesdienst neben einer älteren Dame in der mittleren Reihe auf der Kanzelseite des Kirchenschiffes Platz. Neben Lisa. Lisa von Bernard.
In der Reihe vor ihm saß eine ebenfalls betagte Dame, bedeckt von schwarzem Hut mit grüner Feder, neben einem Herrn mit silbernem Haarkranz.
In der ersten Bankreihe repräsentierte ein hochgeschossener Knabe die Konfirmandenriege.
Als der Choral „Liebster Jesus, wir sind hier …"- treffender wäre gewesen „Wir sind vier …" - gesungen wurde, erscholl im kleinen Kreis der Sänger eine Sopranstimme neben Alexander, die der Lisa von Bernard, so mächtig, dass der Haarkranz in der Vorreihe sich umblickte.

Der Gottesdienst war ein kaum erbaulicher Eintritt ins junge Jahr. Der Geistliche mit grimmigem Blick auf die kläglich geschrumpfte Schar der Auserwählten wich vom Predigttext ab und entlud seinen wenig heiligen Zorn in einer gewaltigen Drohrede gegen alle Abwesenden. „Die werden ihr blaues Wunder erleben!"

Er beschwor die Schrecken des jüngsten Gerichtes herauf, dereinst, wenn die Schafe von den Böcken getrennt und letztere in die ewige Verdammnis gejagt würden. Der Federhut vor Alexander zuckte, als dem Prediger bei einem mächtigen Armschwung die Bibel von der Kanzel fiel - und der Prediger den hochgeschossenen Konfirmanden anfuhr: „Lass liegen!"

Solch ein Höllenfeuer möge der Gott der grundsätzlichen Güte verhüten, dachte Alexander, als er auf dem Stück gemeinsamen Heimweges mit einer verstörten Lisa von Bernard ins Gespräch kam.

Bei Lisa hatte der Predigtschreck die Erinnerung an ihren streng protestantischen Vater geweckt, der, früh verwitwet, ihr einen Berufstraum verboten hatte: „Du gehst mir nicht zum Theater. Das Theater ist eine Hurenfabrik!" Sie hatte sich daraufhin in eine Hochschule für Kirchenmusik einge-schrieben, um mit ihren musikalischen Gaben Gott zu ehren, bis die Abwege des Herrn sie schließlich in einen Opernchor und somit dann doch in die "Hurenfabrik" führten. Das war, als ihr Vater bereits infolge Herzinfarkts mit dem selbstbestimmten Bibelwort „Wir müssen alle offenbar werden vor dem Richterstuhl Christi" unter der Erde ruhte.

Wie denn Laufbahnen so laufen, Lisa sprang für eine mit doppeltem Beinbruch verhinderte Isolde in Wagners Oper „Tristan und Isolde" ein und wirkte fortan als Solo-Sopranistin weiter auf der Bühne. Bis sie dann zum Ausklang ihres Lebens im Hause ihres Vaters das Parterre bezog. „So bin ich wieder hier gelandet, junger Mann, und gehe auf die Achtzig zu", schloss sie Ihre Lebensskizze ab und schubste mit dem Schuh einen Silvesterknallerrest vom Gehweg. „Und Sie?", fragt sie, bevor Alexander ihr höflich und überzeugt ein noch fünfzehn

Jahre jüngeres Aussehen bestätigen konnte. So äußerte er dies und jenes, erwähnte beiläufig den technischen Großhandel seiner Eltern, kam auf sein Studium zu sprechen und damit auf sein Gottesbild: „Gott ist kein Buchhalter, der kleinkariert aufrechnet und rachedurstig straft, Gott ist Gnade, Gott ist Liebe, Gott ist Inbegriff der Güte.“ Auf dieses Bild ließ sich Lisa wohlgemut einstimmen, und der Strafgott der Predigt verstummte vollends.

„Das haben Sie wunderbar gesagt, junger Mann. Wie eine weite Ouvertüre!“

Spätestens seit jenem Neujahrsmorgen reifte Alexanders Entschluss, ganz im Dienste seines Gottes zu wirken.

Er wurde Pfarrer.

Gut zehn Jahre später, als stecke eine höhere Absicht dahinter, sollten sie einander an einem Sonntag im Mai wiederbegegnen. Alexander hatte sich unterdessen mit Erfolg als neuer Pfarrer in der Dorfgemeinde seiner Tante Ulla beworben, und sobald nach seiner ersten Predigt das letzte Amen die feierliche Einführung Alexanders und des Gottes der grundsätzlichen Güte besiegelte, war dieser rasch ans Eingangsportal geeilt, um jeden Gottesgast persönlich mit Handschlag und einem „gesegneten Sonntag“ zu verabschieden. Und dabei kam dann die Reihe auch an Lisa von Bernard, die nunmehr resolut mit Stock unter der linken Hand und vorgestreckter rechter auf ihn zukam: „Ich freue mich so, Herr Pastor, Sie wiederzusehen! Und Ihr Organ, Ihr Organ ...“

Nicht sogleich verstand er, dass Lisa in der Sprache der Sängerin mit Organ seine Stimme meinte, deren Klarklang auch seine Ausbilder häufig hohes Lob gezollt hatten.

Er nickte und lächelte besonders freundlich, wünschte ihr versehentlich einen „gesagneten“ Sonntag, ließ diesen Versprecher und Lisa jedoch so durchlaufen, denn um Stau vor der Tür zu meiden, hatte er den Auszug der Gläubigen ins Mailicht des Kirchenvorplatzes Hand um Hand rasch durchzuziehen.

Lisa, vormals eher eine Art Laufkundin im kirchlichen Sonntagsgeschäft, gehörte ab da zum harten Kern der Getreuen, zu dem sich in einem Dreiwochenturnus auch Tante Ulla und Onkel Ottfried gesellten, eher genetisch bedingt als fromm. Vornehmlich bestand die Truppe der Treuen jedoch aus älteren Damen, auf die er das weise Warnwort seines Amtsvorgängers weiß Gott nicht beziehen wollte: „Bedenken Sie, lieber Amtsbruder, Sie sind jung und noch ledig: Der Weiber Andachtsglut ist oft verliebtes Blut.“ Vielleicht, so dachte Alexander dazu, dass die eine oder andere ihm in Gedanken Weihnachtsplätzchen backte oder einen Strampelanzug für seine künftigen Kleinkinder strickte … So etwas wie Verliebtsein mag sich bestenfalls im Vorhof der Liebe abspielen, bleibt aber nur ein Spiel der Fantasie und erstirbt, wenn es nicht als wahrhaftige Liebe einmündet in den Gott der grundsätzlichen Güte. Und diesen missionierte Alexander als guter Hirte fortan Sonntag um Sonntag seiner Herde ins Gemüt - mit klarer Stimme und stimmiger Klarheit. Und andächtig nickten die Damen.

Es war an einem leicht stürmischen Oktobertag, Alexander überlegte gerade, was mit acht alten Pfennigstücken geschehen solle, die jemand sonntags in den Klingelbeutel entsorgt hatte, als ein Telefonanruf aus dem Hospital „Sankta Klara“ in diese Finanzmaterie funkte.
Eine Schwester Innozentia sprach in bedeutungsvollem Singsang von der Frau von Bernard, die seit gestern dort betreut werde und Alexanders Besuch wünsche.
So betrat Alexander noch am selben Nachmittag ein Einzelzimmer, darin ein Heiligenbild, ein Kruzifix und eine leicht geschwächte Lisa.
„Ich danke Ihnen, Herr Pfarrer, dass sie mich alten Schwan besuchen. Es geht zu Ende mit mir. Das Herz ist nicht gebrochen, aber schwach - es pocht sich nun aus.“
Mit beiden Händen hielt sie seine rechte Hand fest.
„Hier bei den Klarissen stirbt es sich familiärer“, ergänzte sie mit Blick auf das Wandbild vom Heiligen Franz, der den Vögeln predigt.

„Mit mir stirbt die Familie der von Bernards aus. Bedauerlich, aber so ist das nun einmal. Ich war nur ein Singvogel und habe mich nicht vermehrt." Alexander nickte ihr ein Lächeln zu, überlegte, ihr über die irgendwie gläsern wirkende Wange zu streichen und tat es.

Das munterte sie auf, und ihre Stimme gewann fast an alter Soprankraft:

„Mit neunzig Jahren habe ich ein langes Leben gehabt. Eine Mutter, an die ich mich kaum erinnere, einen bisweilen bärbeißigen Vater - aber er war nun einmal mein Vater; dann die Opernbühne mit einigen eitlen und manchen charmanten Kollegen …" Nun lächelte sie in sich hinein, und Alexander musste an den Silvesterknallerrest denken, den Lisa dereinst mit raschem Fuß vom Wege schubste.

„Ach ja", fuhr sie fort „mein langer Auftritt in der Welt mit Gottes schönen Kulissen. Nun ist es Zeit, dass der Vorhang fällt nach allen Arien, den komischen und den tragischen. Ein letzter Aufzug nun, hier bei den netten Nonnen. Mein Sonnenuntergang. Zurück bleibt nur mein Kater Tristan." Alexander verordnete sich zu schweigen, wieder mit kleinem, nickendem Zublick.

„Tristan ist noch bei meiner Nachbarin. Das ist für ihn nur eine Zwischenlösung. Bitte sorgen Sie dafür, dass er in gute Hände kommt. Dies ist mein letzter Wunsch an Sie. Glaube, Hoffnung, Liebe, die Liebe aber ist das Größte", zitiert sie aus einem Paulus-Brief. „Wenn dies Ihr Predigtwort wäre bei meiner Abschiedsfeier in der Kirche? Sie sind da ja Experte. Und bitte nicht den Choral ‚So nimm denn meine Hände' - der ist mir zu rührselig."

Alexander nickte erneut. Das Wort Abschiedsfeier statt Trauerfeier erschien ihm irgendwie angemessen, wie er es gleichermaßen für unangemessen hielte, auf Lisas heilig-nüchternes Programm etwas zu erwidern wie „Ach, Sie werden bestimmt noch hundert Jahre alt" oder „Es ist wichtig für Sie, dass Ihr Abschied auf diese Weise abläuft …"

So praktizierte er wieder Schweigen und entschloss sich, das Hochglanzheftchen „Gottes haltende Hände“ in der Tasche zu lassen, während Lisa fortfuhr:
„Der Rest ist geregelt, seit sieben Jahren. Die Barschaft und das Haus gehen ans Tierheim, der Hausrat an Bedürftige. Für mich habe ich schon eine Erdbestattung und einen schlichten weißen Sarg. Und ich darin nicht in einem Satinhemdchen, sondern in meinem Isolde-Kostüm. Das passt nach wie vor.“ Sie verfügte dies im Ton einer alten Dame von Adel.
„Was denn mit der Seele wird, ich werde es bald wissen. Oder enttäuscht sein, wenn nichts ist ...“, sagte sie so schmunzelnd wie möglich. „Abwarten. Meine Reste jedenfalls gönne ich den Würmern … Also normal in die Erde. Kein Feuer …“
Alexander blickte auf Lisas Siegelring. Er konnte das alles nicht recht einschätzen.
Ihr letzter Satz berührte ihn etwas peinlich, mehr noch sein schnell verdrängter Gedanke an ein Produkt der Firma Omega-Calor, das sein Schwager unlängst technisch bearbeitete: ein Wärmetauscher, der die im Krematorium entstehende Hitze ins allgemeine Energienetz weiterleitet.
Unterdessen war Lisa müde geworden und gleichmäßig atmend eingeschlafen.
Eigentlich hatte sie Alexander noch fragen wollen, ob man während der Abschiedsfeier vielleicht die Arie „Oh sink hernieder, Nacht der Liebe“ einspielen könne.
Als er das Krankenhaus verließ, bat er Schwester Innozentia, ihn zu rufen, sollte es denn ernster werden mit der Frau von Bernard. Und er fügt noch an: Wider Erwarten. Und das Handy sei der beste Weg.
Auf dessen Display leuchtete einen Tag später „Sankta Klara ruft an“ in seinen pastoralen Alltag. „Bitte kommen Sie zu Frau von Bernard.“
Er hatte gerade den Vorfall “Unterrock“ klären können. Im Lesezimmer des Gemeindehauses, wo einmal wöchentlich das Presbyterium tagte, lag mitten auf dem Tisch ein Petticoat, den der Vorsitzende des Presbyteriums ihm mit spitzen Fingern

und der empörten Frage vor die Nase hielt: „Wie kommt so etwas hierher?" Es stellte sich als Requisit der Theaterspielschar heraus, anlässlich deren Stückes über das bewegende Geschick der biblischen Heldin Esther - die Mädels der Truppe benutzten den Raum als Garderobe.
Fortan dann nicht mehr, wie er über Festnetz dem Presbyter als Ergebnis seiner Recherche versichert hatte.
„Haben Sie Dank. Ich mache mich unverzüglich auf den Weg", versichert er Schwester Innozentia ins Handy.
Als er schon ganz in Gedanken an Lisa das Krankenhausportal öffnet, trifft er auf ein Grüppchen Nonnen - eine kleine nervöse Pinguinkolonie, wie er ungewollt unheilig denkt - darunter Schwester Innozentia, die auf ihn zueilt und fast erschreckend nebensächlich mitteilt, Frau von Bernard sei nun heimgegangen, hauptsächlich jedoch spricht sie von Lisas letztem Wort. „Herr Pfarrer, sie sprach noch von ‚Du', von ‚spät', von ‚Licht und Leben', mit ganz verklärtem, fast heiterem Blick ..." Auch Schwester Innozentias Blick war ganz losgelöst, als sie, ruhig geworden, verkündet: „Sie hat die ewige Seligkeit gesehen! Eine Offenbarung, die ich miterleben durfte. Ein Glanz in den Augen ... man mochte sie ihr gar nicht schließen ..." Sie führt ihn feierlich ins Sterbezimmer, die anderen Nonnen folgen ihr nach. Während Alexander gemäß Schwester Innozentias Ansinnen „Schauen Sie selbst!" die Dahingegangene wie in einer Szene mit Raureif und leichtem Nebel betrachtet, singen die Schwestern den Choral „Morgenglanz der Ewigkeit ..." und werden nicht müde, den überirdischen Anschein zu preisen ...
Äußerlich gefasst und innerlich grübelnd kümmert er sich um Lisas Vermächtnis, will sagen, er schellt bei der Nachbarin und teilt ihr mit, er wolle Tristan selbst in Pflege nehmen. „Ja, die Frau von Bernard, eine liebenswerte Seele. Ich wollte sie noch besuchen. Dass das so schnell ging ...", sagte sie langsam, leise, danach rasch und lauter: „Frau von Bernard hat gehofft, dass Sie sich um das Tier kümmern. Ich selbst habe vermutlich eine Katzenhaarallergie."

Neben den Katerutensilien drückt sie ihm zum Abschied ein Paket in die Hand.
„Von Frau von Bernard für Sie, Herr Pastor."

Nunmehr streicht der Kater Tristan durch Alexanders Routine von Freud und Leid, von Predigtplan, Pfennigen und Petticoat. Als er die Abschiedspredigt vorbereitet, schnurrt ihn wieder Lisas Liebling an und wird mit einem mauseförmigen Leckerli abgespeist. Alexander muss sich sammeln. Während er noch auf Geistesblitze in Lisas Wunschwort von Glaube, Hoffnung und größter Liebe wartet, öffnet er ihr Paket: Es enthüllt eine Schmuckschatulle mit sieben Goldmünzen, auf denen der bairische Märchenkönig Ludwig der Zweite glänzt, dann ein Fotoalbum „Meine Lebensbahn" mit sorgfältig geschriebenen kleinen Reimen. Alexander versenkt sich in Lisas Geschichte.
Fotos und Verse …
Ein Schloss in Frankreich, die von Bernards als übergesiedeltes Hugenottengeschlecht, darunter die Worte:

„Das Schloss, wo meine Ahnen lebten
und würdevolle Fahnen webten."

Es folgen angegilbte Fotos von Gemälden der Vorfahren, mit Lisas fein geschriebenem Reim:

„Was auf dem Stammschloss
so alles aus dem Stamm schoss…!"

Dann ein Hochzeitsbild der Eltern, die Braut mit einem dicken Lilienstrauß vor einem ebensolchen Bauch; sodann Lisa als Kleinstkind, bäuchlings nackt auf einem Bärenfell; Lisa als Schulkind mit Tornister auf dem Rücken; als Konfirmandin in schwarzem Kleid mit Rüschenkragen; als junge Frau mit Geige und ein paar Seiten weiter ein Bühnenfoto als Isolde, gemeinsam mit Tristan im Duett. Daneben Lisa und Tristan privat. Beides bereimt:

„Schon ganz nett, in Duett und Bett -
Doch gab's kein Nest, gab keine Eier
und auch keine Hochzeitsfeier."

Auf der vorletzen Seite: Ein Zeitungsartikel über Alexanders Ordination. Darunter nur der Satz: „Nun stimmt es."
Auf der letzen Seite in Großaufnahme: Kater Tristan im Sessel, darunter in feinen Lettern:

„Mein Schnurri-Kerl, mein Mause-Wicht
bist mir in späten Tagen Licht."

Während der Kater immer sicherer um seine Beine streicht, nimmt Alexanders Unsicherheit zu. Über Lisas Leben als solches, ihre nüchterne Hoffnung, Lisas Witz und dessen Bedeutung.
Und bei alledem ein so auffallend Vielerlei an Licht. Er ordnet im Geist, was ihm selbst noch dunkel ist. Die Erleuchtung Schwester Innozentias, dagegen der Kater, allem Anschein nach als Spätleuchte ausgewiesen ...
Er nimmt sich zunächst vor, den „Paul" zu vermeiden, einen der vier - in schwereren Fällen der sechs - als Sargträger jobbenden Rentner, der bei der vorletzten Beisetzung wohl einen Schluck Schnaps zu viel aus seinem Flachmann genommen hatte, sich damit ins Stolpern und den Sarg ins Schwanken brachte ... Lisa hat eine pannenfreie Beisetzung verdient und er sieht im Geiste, wie ein weißer Sarg dank einer dezenten technischen Senkvorrichtung Lisas letzte Hingabe an die Würmer vollendet. Nun werkelt ihm weiter die Predigt im Kopf. Hinterbliebene gibt es nicht, bis auf den Kater, den er ja privat tröstet, mit Streicheln und notfalls mit Leckerlis.
Also, Lisas Leben mit Worten würdigen, mit ein paar Bildern die allgemeine Todesfurcht der Zuhörer zudecken ... Gegen die Dunkelheit ist das Licht zu setzen - und hierbei Licht um Lisa allenthalben, Scheinwerferlicht im Bühnenleben; Schwester

Innozentias lichtfrohes Gesicht. Und der Kater funkelnden Auges? Nach dem Fotoalbum war er ja Lisas letzte Lebensleuchte. Dazu nun - oder gegenüber - Innozentias Seligkeitsreflex, ihre akustisch visuelle Inspiration - der unschuldige Irrtum einer frommen Seele?
Aber wenn denn schon ein Irrtum, dann sollte es ein Irrtum der Barmherzigkeit sein!
Alles fügt sich ineinander. Licht ist Liebe, Liebe ist grundsätzliche Güte und umgekehrt, über der Wirklichkeit steht stets die Wahrheit, in der sich scheinbarer Widerspruch aufhebt. Das Predigtkonzept steht; ohne Kater.

Als der Stamm derer von Bernards mit Lisas Beisetzung kirchlich abgesegnet ausklang, war die Trauergemeinde unerwartet groß: Der harte Sonntagskern der Treuen sowieso, dann jedoch auch Schwester Innozentia, in gläubigem Abglanz und mit schwarzbraunweißem Gefolge, dazu ganze Reihen weiterer Katholiken. Ein ökumenisches Event, dachte Alexander vor sich hin, und noch während der Abschiedsfeier strahlte ihn die Erkenntnis an: Nicht nur Worte höherer Liebe, sondern was man sieht und fassen kann, hat Wert und wirkt - sei es als Ereignis, oder als etwas Materielles, als ein lebendes Element wie der Kater, oder katholisch, etwa ein Grabtuch - wie dieses auch immer gehandelt oder entstanden sein möge - einer der unzähligen Splitter vom Kreuze Christi, ein geheiligter Knochen, was auch immer. Immerhin Sinnliches mit Sinn … Beim Abschiedschoral fehlte eine Sopranstimme.

Drei Tage später schaufelte Alexander dem hinterbliebenen Tristan kompostierbare Streu ins Plastik-Klo und überlegte dabei, was mit den sieben Goldmünzen geschehen solle. Schließlich setzte er den Kater in die Transportbox und fuhr damit in seinem kleinen Kombi zum Grab Lisas. Tristan zu Isolde. Bevor er parkte, wurde er dreier Schwestern gewahr, die gerade den Friedhof verlassen hatten.

Auf Lisas Grab welkten schon die Blumen in den Kränzen, aber es stand dort ein kleines rotes Licht. Ein sogenanntes ewiges, das fortschrittlich mit Solarzellen etwas ewiger leuchtete im Abendglanz der Zeitlichkeit.

Kleines Kino

Nach dreiundvierzig Jahren kinderloser, durch den Verkauf eines Möbelhauses in Wohlstand abgesicherter Ehe mit Willi brach Berta ihr Schweigen und ihren Service ab.
Als sie ihm den Morgenkaffee eingeschüttet hatte, sagte sie knapp und erstmalig bestimmt:
„Ich gehe. Ich hab's satt. Diese ständige Pampelarbeit, Wäsche, Haus und Garten, dein ewiges Gerede gegen dies und den – und ich, dabei … zuhören, nachgeben und nicht einmal klüger werden …"
„Und", fügte sie krönend, fast geschliffen hinzu: „Deine Diktatur der Stöckelschuhe und hohen Absätze!"
Dies betraf den großen Unterschied zwischen ihr und ihm: er maß gut über zwei Meter, war dabei schmalschultrig und fast erschreckend dürr, während sie in den vergangenen Jahren immer häufiger Kundin im Textilhaus „Mollige Mode" war und sich stets ehelich verordnet mit Schuhwerk auf 166 cm aufzustocken hatte - nicht nur bei Außenauftritten. Dazu dann Blondierung auf Verlangen - mit Dutt mitten auf dem Kopf, seit zwei Jahren einen falschen. Nicht zu vergessen Willis tägliche Krittelei wie: „Musst du denn immer soviel Schokolade essen?!"

So bei Brötchen und Kaffee abserviert zu werden, hatte der rüstige Rentner nie für möglich gehalten. Und dies, wie er meinte, nach langen glücklichen Ehejahrzehnten, wo doch alles stimmte, das Haus, der Garten, die Konten. Und stets schöner Urlaub hoch im Norden an Fjorden und Schären … Jahrelang an einem Strang gezogen.

Immer harmonisch. Er biss die Zähne zusammen, darunter die drei neu überkronten Backenzähne.
Als ein Taxi Berta und vier Koffer zum Bahnhof brachte und ein Zug sie zur Stadt ihrer Schwester fuhr, saß er vor kaltem Kaffee, fühlte sich immer noch im falschen Film, bevor er für sich beschloss:
‚Nach spätestens zwei Tagen steht die wieder auf der Matte.'
Was er für eine alberne, kurzfristige Laune seiner Berta hielt, ging jedoch still ins Wochenende. „Gut. Dann tickt sie eben nicht mehr richtig", sagte er sich, „Ich bin Praktiker"; gab sich einen Ruck und füllte die neuen Lücken im Kleiderschrank aus, indem er seine Oberhemden und Pullover vom Stapel nahm, sie in der rechten Hälfte Kleiderschrank an Bügeln aufhängte, sodann die Mäntel und Jacken in der Mitte anordnete, danach links an Klemm-Bügeln die Hosen und abschließend die Unterwäsche, die Socken und so weiter in Plastikkörben auf die obere Ablage. Er machte die Kleiderschranktür zu und sagte dabei:
„Ich habe die Dinge im Griff."

In der zweiten Woche seiner Verlassenheit engagierte er aus dem Nachbarort einen Abiturienten für die Gartenarbeit und eine Putzfrau, der er vorsorglich mitteilte, seine Frau sei wohl längerfristig in einem Schweizer Sanatorium. Sodann betonte er seine Ordnungsliebe und demonstrierte ihr dies, indem er ihr einen Blick in sein neues Kleiderschranksystem gewährte. Beiläufig bat er sie, ihm zur Sicherheit doch noch einmal zu erklären, wie die Waschmaschine funktioniere.
Am nächsten Tag gegen Mittag holte er einen weinfarbenden Schrumpf-Pullover und angerötelte, aber immerhin mit Duft von Blumenwiese weichgespülte Oberhemden und Socken aus der Maschine, stutzte kurz und beendete seinen ersten Waschakt mit einer Schimpftirade auf die Putzfrau, die von Technik keine Ahnung habe.

Abends prostete er der letzten vollen der fünf Bierflaschen seines Abendbrotes mit den Worten zu: „Zum Wohl Kamerad. Wäre doch gelacht, wenn's nicht weiter ginge."
Am nächsten Vormittag klingelte der Briefträger mit einem Einschreiben Bertas, das im Ton der Endgültigkeit die sachlichen Dinge der Trennung auf ein paar Wochen später verschob; sie sei erst einmal mit ihrer Schwester längerfristig auf Mallorca. Er kommentierte gegenüber dem Wurm, der in ihm nagen wollte: „Mit ihrer Schwester also, diesem vorlauten Flittchen mit dem Lebensmotto, schnell das Geld ausgeben, bevor es alle ist, geschieden, und mit häufig wechselnden Gesellen im Schlepptau. Und die beiden nun gemeinsam im Süden, das passt! So wird mein gutes Geld verpufft!" Er hatte Bertas mediterrane Sehnsucht stets rüde abgeschmettert: „Was sollen wir bei den kleinen Messerstechern da unten, bei diesen dunklen Wieseln! Wir fahren nach Skandinavien! Zu den Nachfahren der Wikinger, Kerlen auf Augenhöhe."
Mittags komponierte er energisch eine letzte Dose Linsen und ein vorletztes Glas Würstchen zum Menü, bestellte danach bis auf Weiteres Essen auf Rädern, ging nachmittags mit Zettel einkaufen, und traf im Superladen eine Nachbarin, die ihn nach dem Befinden seiner Berta fragte. Ob seine Gattin etwa krank sei, sie habe sie länger nicht gesehen.

Noch bevor die spitzen Blicke der Frau ihm näher an die Nerven und die Nieren gehen konnten, wehrte sich der Strohwitwer, mir nichts, dir nichts, mit einer zweideutigen Variante, und er antwortete mit leidigem Blick nach unten. „Sie weilt nun nicht mehr unter uns und hat eine stille Stätte an anderem Ort gefunden. Es hat sich alles so traurig ergeben." Rasch überließ er sie sodann ihrem Gemisch aus Neugier und höflicher Betroffenheit. „Verstehen Sie bitte, wenn ich darüber nicht weiter reden mag." Händedruck und ein Ach der Fragerin bestätigten ihm, dass das Stroh vom Witwer, wenn auch in seltsamer Abwicklung, weggesponnen war.

Bei diesem Angriff nach vorn war ihm nur wenig mulmig zumute, eher mundete es ihm wie die Süßspeise der Rache, der Gesundheit geschuldet.
Er schob seinen Einkaufswagen voll Tiefkühlköstlichkeiten, Dosensuppen und dunklen Schokoladen an die Kassenschlange und drängte sich mit den Worten forsch und erfolgreich vor: „Meine Frau ist letzte Woche gestorben, können Sie mich bitte vorlassen?“ So zügiger im Getränke-Shop, bevorratete er sich mit drei Kisten Gerstensaft.
Wann immer in der Folgezeit jemand mit Mitleidsmiene auf ihn zukam, sagte er rasch und zuvorkommend: „Ich möchte über den Verlust nicht reden“, und schnäuzte sich dabei. Als dann ein paar Briefe mit schwarzem Rand im Kasten lagen, legte er sie ungeöffnet in den Safe. Seine Einkäufe erledigte er fortan auswärts.
Im Übrigen blieben ihm Fernsehen, Telefon und die Zeitung, die Zeitung aber sollte das Wichtigste werden:
Sein früher übliches Interesse an Todesanzeigen im Tageblatt nahm in dem Maße ab wie seine Neugierde auf Kontaktanzeigen wuchs.
In der Sparte „Sie sucht Ihn“ umkringelte er, zunächst nur so, jene Angebote, die seinen Vorstellungen gerecht wurden. Wenige. „Sie“ sollte schon schlank, verwitwet statt geschieden, unkompliziert, also weder Akademikerin noch Emanze, nicht über sechzig Jahre und nicht unter 173 cm sein.
Es war nun Mai und das Leben stöckelte sich so weiter; Willi griff mit langem Arm aus seinem geordneten Alltag hinein in eine neue Zukunft - und im Garten blühten rosa die Pfingstrosen.
Er nahm sich eines frühen Morgens die neu gewonnene Freiheit und sprach locker die Zeitungsausträgerin an, eine Blonde um die Dreißig; wenn sie unverheiratet sei, ob sie nicht mit ihm eine Kreuzfahrt machen wolle. „Ich lade Sie ein!“
Die scheue Frau war so verschreckt, dass sie sich in einen anderen Bezirk versetzen ließ. Um ähnliche Anstürme zu vermeiden, trug sie fortan alle Zeitungen zwei Stunden früher aus.

Der nächste Versuch einer Kreuzfahrtanfrage erging an Willis Fußpflegerin, mittelblond, um die fünfzig, sichtlich auf zehn Jahre jünger geschminkt, mit monströsen goldenen Kreolen am Ohr.
Die war nicht abgeneigt, sie führe mit ihrem Manne eine tolerante Ehe, der habe nichts dagegen. Gewohnt, Nägel mit Köpfen zu machen, bestellte Willi unverzüglich eine Fjordfahrt mit Luxuskabine gen Norwegen, gemäß seiner Vorliebe für Skandinavien. Schon sortierte er aus seiner Barschatulle die Fünfeuroscheine aus, die er als Visitenkarte dem Schiffspersonal zwecks bevorzugten Service vorab in die Hand zu drücken pflegte, als das Telefon klingelte. Die Fußpflegerin meldete sich mit der leicht verschämten Anfrage: „Kann vielleicht auch mein Freund mitfahren? Der ist sympathisch, Mitte Dreißig, ganz unproblematisch. Wir können ja ein Notbett in der Kabine aufstellen …Verblüfft wie noch nie antwortete Willi, darüber lasse sich reden.
Er dachte einen Nachmittag lang hin und her, abends überzeugte ihn der Rat der Bierflaschen vom charakterlichen Qualitätsmangel der „Klauenpflegerin“, tags darauf stornierte er die Reise „aus gesundheitlichen Gründen“ mit einem ärztlichem Gefälligkeitsgutachten und wechselte die Fußpflege.
Nunmehr schon beim Frühstück, vertiefte sich Willi wieder in den Zeitungsmarkt der Herzen, wurde jedoch nicht passgerecht fündig.
Da entschloss sich zu einer eigenen Annonce:

„Rüstiger Rentner sucht …“

Er wollte zunächst „mit Haus im Grünen“ hinzufügen, sagte sich jedoch, die ganze Aktion aus Gründen der Schicklichkeit vorerst nicht daheim, sondern auf einem anderen Dampfer stattfinden zu lassen. ‚Ich kann ja die Fotomappe „Haus und Garten“ beim Treff vorzeigen‘, beschloss er und entwarf weiter: „Rüstiger Rentner, gut situiert“, ein ursprüngliches „verwitwet“ formulierte er pietätvoll zu „ohne Anhang“ um, „198 cm groß“ –

dazu „BMW-Fahrer", der sportlichen Note wegen, „lädt eine Reisebegleitung für Kreuzfahrt nach Norwegen ein. Sie soll schlank, nicht unter 173 cm und nicht über 60 J. sein."
Sechs Tage später erhielt er vom Tageblatt ein großes Briefpaket mit genau fünfunddreißig Briefen, die er freudvoll las, abends in drei Haufen unterteilte und sie einem Foto Bertas präsentierte, selbstgewiss mit dem Satz: „Da siehst du's, die Schaufenster mit neuer Kollektion!"
Glücklich wie ein Kind mit einem Gutschein im Spielzeugladen las und las er erneut, bevor er in friedvoller Unruhe zu Bett ging, und am nächsten Abend die angegebenen Telefonnummern anwählte. Mit jedem weiteren Schluck Bier dabei lockerte er sich mehr und mehr in Flirtlust, und schließlich vergab er, nur kurz vorm Lallen, seine höchste Punktzahl an eine sechsundfünfzigjährige Frührentnerin , 177 cm lang und 63 Kilo schwer, die ihm telefonisch mit klangvoll bescheidener Stimme einen Treff im Café „Sonnenrot" für den nächsten Nachmittag zusagte. Sie werde ein blaues Halstuch tragen. „Mich erkennen Sie an meiner Sonnenbrille", fügte er an.
Das Leben lächelte ihm zu, er feixte mit Seitenblick auf Bertas Foto neben den Bierflaschen, bevor er es mit dem Reservestapel Briefe im Safe überlagerte.
Er legte eine weite Windjacke mit besonders starken Polsterschultern zurecht und genoss anschließend den Schlaf wie einen Waffenstillstand.
Der Treff mit dem blauen Halstuch im Café Sonnenrot erwies sich zunächst als Treffer. „Sie" war gelockt, blond mit einem Stich ins Apfelsinenfarbene, blickte dann und wann spätmädchenhaft auf ihr Stückchen Pflaumenkuchen und ließ Willi viel reden. Der dachte ‚Das könnte gut gehen mit ihr, ihre Stöckelschuhe vielleicht noch zwei Zentimeter höher …', wobei er rasch seine Beine so weit wie möglich unter den Tisch stellte, denn er hatte in der Hektik vorm Treff zwei rosa gewaschene Socken angezogen. Er bestellte zwei Cognac und prostete ihr höchst schwedisch zu: „Skål, ich heiße Willi." Sie, die „Skål" für einen Rülpser hielt, lispelte leicht zurück: „Ich heiße Lotte", und war

nun aufgelockert genug, um über den Haken an der Sache zu sprechen.
Sie habe eine empfindsame Katze, die sie nicht allein lassen wolle, und auf einem Schiff ...
Kurz entschlossen managte Willi statt Luxusliner einen Ferienbungalow in Dänemark zur Miete, und mit Koffern und Katze in blauem Transportkäfig brauste sein silberner BMW in den dänischen Frühsommer.
Dieser erste Versuchsballon platzte.
Es war nicht an der versalzenen Hühnersuppe gescheitert, die sie ihm gekocht hatte und nur kleinlaut mit dem Argument verteidigen wollte, das dänische Salz sei kräftiger als das deutsche.
Der Grund des Fiaskos war die Katze, die über den Esstisch stolzierte und nach der Willi seinen Pantoffel geworfen hatte. Das sensible Tierchen erlitt daraufhin den Schock seiner sieben Leben, rettete sich unter einen Schrank und wurde erst nach einem halben Tag Suche von seiner verzweifelten Mami wiederentdeckt. Das war's dann.
Er fuhr die tiefbetroffene Lotte an: „Es ist doch krankhaft, das Vieh so zu umhätscheln!", kaufte für die sensible Muschi und ihre Mutti, der die Wimperntusche über die Wange rinnsalte, zwei Heimwärtstickets am nächsten Bahnhof und wohnte selbst noch die zwei gebuchten Resttage im dänischen Bungalow ab, bei dänischem Dosenbier.
Wieder daheim, vereinte er den schmeichelnd großen Reservestapel mit drei Nachzüglerbriefen, sortierte nochmals neu abends auf dem Küchentisch:
Bierflasche 1, daneben Stapel 1, Kategorie: Erste Wahl;
Bierflasche 2, Kategorie: Zweite Wahl (mit kleinen Fehlern) bis Bierflasche 4, Stapel Ausschuss.

Mit Telefonieren, Treffs im Park, Dates in Cafés usw. setzte sich das Szenario von Willis Suchwanderung nach neuer Berta und „nochmal Leben ins Leben" fort.

Zunächst eine Mahagonifarbene, die ihm in vier Minuten ihre Lebensgeschichte mitteilte und Willi selbst nicht zu Worte kommen ließ.
Als nächste näherte sich ihm eine Frohnatur Ende Fünfzig mit Hörgerät, die ihn vorm Hotelzimmer vorsorglich warnte: „Ich trage ein halbes Vermögen im Maul." Sie klopfte dabei zweimal mit dem Zeigefinger gegen die oberen Schneidezähne ihres Totalgebisses und fiel damit in Willis Ungnade. Nicht ihr, aber sich selbst sagte er: „Ich will kein wandelndes Ersatzteillager!"und überließ sie ganz ihrem Vermögen, bei der Zahnpflege zu pfeifen.
Danach eine, die gut zehn Zentimeter kleiner war als im Angebot angeführt. Sodann eine mit Offenbarungseid prekär Geschiedene von annähernd 181 cm. Mit der klappte es in der Horizontalen, wie sich zu Willis Stolz während eines gemeinsamen Kurztrips nach Hahnenklee herausstellte, woraufhin er vor Bertas Foto prahlte, er habe sie „dabei" ohne Akrobatik küssen können.
Freilich bootete sich diese Dame selbst aus. Ermutigt durch dann und wann bescheinigte Zuwendungen Willis war sie ihm mit zwei Fingerkuppen über die Rippen spaziert und hatte ihn dabei um ein höheres Privatdarlehen gebeten.
Der letzte Versuch am Caféhaustisch war eine blondgescheckte Brünette mit modisch glitzerndem Brillengestell, Frühwitwe, Mitte Fünfzig. Sie hatte im Werbebrief ihre „immer noch Laufsteg-Figur" hervorgehoben und sie werde derzeit zur Altenpflegerin umgeschult.
Bei Kaffee und Gläschen Likör warf sie Kennerblicke in Willis Repräsentationsmappe ‚Haus im Grünen', und übersprudelte den Smalltalk mit Ideen, wie man Willis Haushalt seniorengerecht umgestalten könne.
Das reichte Willi, der sich sodann auf die Vorteile der Unabhängigkeit einschwor. Wenigstens vorläufig.

Der Rest ist kleines Kino in kurzer Szene.

Eine Tragikomödie, gemäß der trivialen Inkonsequenz des Lebens.

Für eine Nachbarin, die den Auftritt hinter der Gardine mitbekam, mischte sich zunächst ein Element Horror ins Szenario hinein: Ein Taxi fuhr vor, Berta stieg aus, flachbeschuht, gebräunte Haut, ohne Dutt, kurzhaarig und zu sich selbst ergraut, weiterhin um fünf Kilo leichter, da sie ihre Lust auf Gurken und Paprika entdeckt hatte. Beschwingt trug sie einen Aktenordner unter dem Arm.
Sie wollte die Scheidung persönlich durchsprechen. „Soweit wie möglich gemeinsamer Anwalt!"
Dies geschah für sie mit rund neunzig Prozent Redeanteilen gegenüber ihrem plötzlich überrumpelten noch nicht Ex-Mann.
Vielleicht hat sie diese Redefreiheit ja mit bewogen, in die überlangen Arme ihres Herrn Gatten zurückzukehren? Auschlaggebend war jedoch wohl ihr Fazit: Die Scheidung wird zu teuer.
Denn Rechnen hatte Bertha gelernt, trainiert auf Maß und Zahlen, fast vierundvierzig Jahre lang. So dass sie sich gemeinsam wiederfanden im kleinen Kosmos der Zahlen, er als gefühlte stolze Eins und sie als gewichtige Null daneben.
Es blieb nach Willis kleinlauter Beichte die Deutung von Bertas Tod und wundersamer Auferstehung gegenüber der Außenwelt, sprich Nachbarn.
Sie sprachregelten das, was Berta wenig später als erste, regiefreudig, einer rätselnden Nachbarin offenbarte: „Berta ist leider gestorben. Ich bin ihre Zwillingsschwester und kümmere mich um meinen Schwager." Dies kurz und bündig als ein Hauch von Mystery.
Nun könnte sich eine Slapstick-Komödie über beider Wettbewerb um die Restjahre anschließen.

Ob aber nun letztendlich für Berta zum Happy End nichts beim Alten blieb, sei Stoff für ein neues Drehbuch - in einem Weitwinkel von Palmen, Agaven und Kakteen unter südlicher Sonne.

MIT PHANTASIE UND WISSENSCHAFT

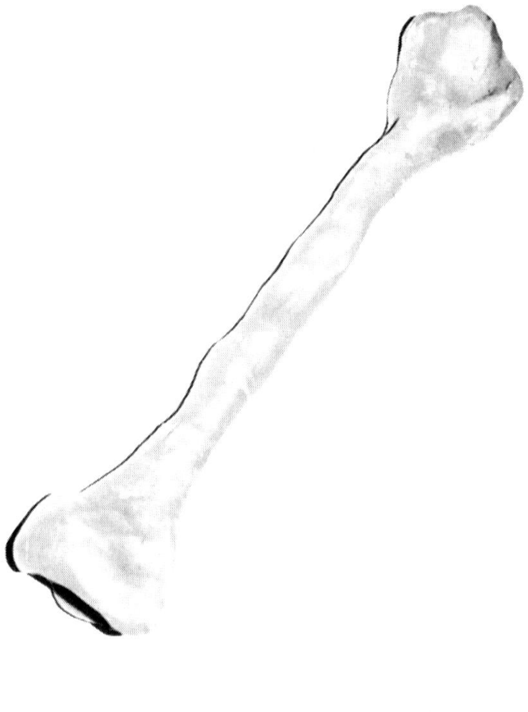

Die Suche mit der Maus

Susanne, meine nette Nachbarin fünf Häuser weiter, ist seit zehn Jahren glücklich geschieden; sie wirkt als Erzieherin in einem Montessori-Kindergarten und hat die obere Etage eines Zweifamilienhauses gemietet. Mit viel Sinn für antike Schnäppchen und Kennerblick auf Sperrmüll hat sie ihre Bleibe zum Museum ihres Geschmacks ausgestaltet.
Dies besuche ich nun, versunken in einem aufgemöbelten Sessel, einem mit ebenholzdunklen Löwentatzen, vor einer mit Kandis gesüßten Sammeltasse Jogi-Tee und einer neunzig Jahre alten Kristallschale mit selbstgebackenen Vollkornplätzchen.
„Die sind mit Ei gebacken, biologischem", verkündigt sie. „Ich bin wieder Vegetarierin geworden. Ein Rückfall - als Zugeständnis an das Tier in uns."
Sie hatte sich nämlich ein halbes Jahr als Veganerin erprobt: „Keinen Käse und erst recht keine Eier, diese abgetriebenen Hühnerembryos!"
So sagte Susanne noch vor zwei Wochen.
Ich bin mir übrigens sicher, sie bittet nicht nur jeden Blumenkohl um Verzeihung, bevor sie ihn kocht, sondern hat auch das Bio-Ei fürs Gebäck mit einem Trostwort zerschlagen.
Während ich einen lieblichen Schluck Tee aus antiker Tasse nehme und die nunmehr vegetarischen Bekenntnis-Plätzchen probiere, packt sie mein Mitbringsel aus dem Recycling-Papier, faltet dies zusammen und legt es auf ein fein gedrechseltes Seitentischchen.
Mein Mitbringsel: Ein Buch statt Blumen, denn letztere sind ein heikles Geschenk für Susanne. Schnittblumen lehnt sie ab. „Warum schneiden die Leute die Blüten brutal ab, statt sie in der Natur zu lassen?" So bleiben als Geschenk für Susanne nur Topfblumen, aber dann müssten auf ihren Fensterbänken und Hockern tausend Töpfe noch enger zusammenrücken - damit mutete man ihr auch zusätzliche Mühe zu, weniger wegen des Gießens als angesichts der persönlichen Ansprache, die Susanne jeder einzelnen Pflanze jeden Tag angedeihen lässt. Meinen

Schnitt- und Topfblumenersatz, das Büchlein, das Susanne nun in der Hand hält, habe ich ganz gezielt ausgewählt - es hat nämlich sein Vorgeschichtchen, eines mit der Maus:
Susanne, grundsätzlich gesagt, pflegt nicht nur Pflanzen, sondern achtet natürlich auch das Leben der Mäuse. Furcht vor den unheimlich huschenden kleinen Tieren kennt sie nicht.
Nun hatte eine Maus sich einen breiten Zugang in die Kugel eines Kübel-Buchsbaumes auf Susannes Dachterrasse erknabbert. Das schöne Buchsbäumchen! Wie kam die Maus nur auf die Dachterrasse?
Den Plot dieser Fauna-Flora-Tragödie erfuhr ich per Anruf.
„Ich kann ja nun nicht Giftweizen streuen ..."
„Ich bringe dir eine Lebendfalle vorbei", sagte ich ihr mit beiläufigem Stolz, um meinerseits zu einer humanen Lösung des Konfliktes beizutragen.
„Für Maus Lieschen", schmunzelte ich, als ich ihr auf dem Heimweg vom Büro das betreffende Konstrukt vorbeibrachte.
„Nein, für Fritz", verbesserte sie mich, auf einen vermehrungsfreien Mäuserich hoffend.
Letztendlich bewährte sich der komplizierte Mechanismus der Falle. Fritz wurde in den Wald ausgebürgert. Es waren alles in allem sieben Mäuse, die das Hänsel-und Gretel-Schicksal auf diese Art ereilte. Wohl mit einem Lieschen dabei.

Nun blickt sie auf den Titel des Büchleins und liest halblaut und buchstäblich überrascht: „Die lasterhaften Balladen des François Villon".
Zuvorkommend erläutere ich: „Das klingt etwas anstößig, mag es wohl auch sein, aber immerhin ist es ein Stück Weltliteratur."
Um mein Renommee als Kenner der Kultur zu wahren, habe ich vorsorglich noch einmal im Lexikon nachgeschaut und füge artig hinzu:
„Villon war ein Pariser Dichter des fünfzehnten Jahrhunderts, er studierte Jura und geriet in manche studentische Rangelei, angeblich beging er auch Diebstahl, wurde mehrere Male, nicht immer schuldig, verhaftet. Im Jahre 1462 (präzisiere ich) war er

bei einer tödlichen Dolchstecherei zugegen, saß daraufhin einige Zeit im Kerker; man verurteilte ihn zum Tode am Galgen; Villon jedoch erhob Einspruch, das Verfahren dauerte, und während dieser Wartezeit hat er wohl einen Großteil seiner Gedichte verfasst, mal feine, mal saugrobe. Schließlich wurde er begnaigt, jedoch verbannt. Sein weiteres Leben verliert sich im Nebel. Er war ein großer Liebhaber der Frauen."
Dass Villon als umtriebiger Unterwelter zeitweise wohl auch Manager einer Halbweltdame war, verschweige ich aus Rücksicht auf die zartbesaitete Susanne.
„Darf ich?" Sanft nehme ich das Büchlein an mich.
„Villon hat nämlich auch eine Mäuseballade geschrieben. Darum dies Buchgeschenk. Zum Gedenken an Maus Fritz und Co." Und so öffne ich die liederlichen Lieder und lese ihr vor, nicht nach der einst atemberaubenden Art eines Klaus Kinski, der mit dem Slogan „Villon - das bin ich" in Tourneen und mit Tonträgern für Villons bzw. seine eigene populäre Verbreitung sorgte, sondern ganz weich und so säuselnd, als wäre es mit einem zarten Vivaldi –Flötenkonzert als Soundtrack kompatibel.
Hier der Text:

Eine kleine Ballade von dem Mäuslein, das in Villons Zelle Junge bekam

Es schwamm der Mond in mein Gemach hinein,
weil er da draußen so allein
bei den entlaubten Bäumen stand.
Ich habe ihm ein Kissen hingerückt,
damit er ruhen konnte, und er tats beglückt
sich untern Kopf. Ich legte ihm die Hand
schnell auf die Augen, und da schlief er auch.
Mich aber plagte schlechte Luft im Bauch.

Sie plagte mich, bis eine Uhr schon zwölfe schlug.
Da hatte ich verdammt genug

und ließ sie ab, die Luft. Davon ist zwar
der Mond nicht aufgewacht, doch in dem Fenstereck
die Mäusefrau. Sie hat im ersten Schreck
geboren, was noch gar nicht gar nicht fällig war.

Die kleinen rosa Schnauzen piepsten da so nett,
dass ich sie zu mir nahm ins warme Bett.

Mein Gott, die lütten Dinger, noch ganz nackt
und blind: Wie hat das Elend mich gepackt!
Ich glaub, dass mir was Nasses in die Augen kam.
Dabei hat manches Mädchen schon von mir
ein Kind gekriegt und starb vor Scham.
Die armen Würmer aber kuschten sich
in meine Hand, als wäre ich ihr Vater Mäuserich.

Zuletzt war auch die Mäusefrau so zahm
geworden, dass sie schwänzelnd zu mir kam.
Die schwarzen Augen glänzten froh und groß
in mein Gesicht hinein.
Und plötzlich war ich auch so mäuseklein
wie dieses Tier und nahm es in den Schoß.
Ich habe wohl die ganze Nacht mit ihr verbracht
und an kein andres Weib dabei gedacht.

Nachgedanken:

Im milden Licht der Winternacht
hab ich mich zu den Mäusen aufgemacht.
Du aber fragst, warum denn nur?
Hör zu, es ist kein Tier so klein,
das nicht von dir ein Bruder könnte sein.

Susanne ist recht angetan. Vor allem von den Schlussversen, den Nachgedanken: „Wir sind doch alle eine große Gemeinschaft, alle geschwisterliche Lebewesen eben. Die Blumen, der Regen-

wurm, die Vögel … die Mäuse im Wald und wir … ein großes Werden miteinander …" Dabei kommt ihr rasch ihre Sonnenblumenzucht in den Kopf, ihre sorgfältig komponierte Aussaaterde in speziellen Pflanzschalen, die sie mir unbedingt noch vor Augen führen möchte, „aber ganz herzlichen Dank für das Büchlein, das werde ich in aller Ruhe lesen, und du brauchst doch nicht jedes Mal etwas mitzubringen … Jedenfalls reserviere ich dir eine Sonnenblume."
Der Rest des Teebesuches findet auf der mäusefreien, aber kübel- und kastenvollen Dachterrasse statt.

Später, am nächsten Abend. Susannes empörter Anruf bricht ein in die Tagesschau, dies sei ja nun doch letztlich ziemlich frivol, was da in der Zelle mit der Mäusefrau passierte: streng genommen Missbrauch von Tieren!
Oh Susanna! Ganz im Bade keuschen Zornes!
Villons Mäusefrau als leicht pikant plätschernde Poesie zu Susannes Erbauung. Mein Buchgeschenk, Villon und die Maus - ein Schlag ins Wasser! Ich hätte ihr doch lieber ein Alpenveilchen überreichen sollen ...
Aber, hat Susanne nun Recht? Unzucht in der Zelle? Die Mäusefrau nistet sich in meinen Kopf ein, lässt mich in der Nacht von mittelalterlichen Kerkern träumen, durchhuscht am nächsten Morgen alles Schreibtisch-Geschäftliche. Das nennt man wohl fixe Idee. In der Mittagspause gehe ich nicht spazieren, sondern bekritzele ein Blatt Papier. Darüber muss ich wohl in ein Nickerchen verfallen sein, das die Firmensirene mit der Pause beendet. Aber: als hätte es mir der Herr im Kurzschlaf gegeben: Ich hab's, ich fang dich, Mausi! Und zwar schriftlich. Ich werde eine „Studie mit der Maus" verfassen - für Susanne,

eine Frau, die sich von Mann und Maus selbst - und pflanzenschützerisch befreit hat - aber alles leben lässt.

Abends am Schreibtisch tippe ich den Titel in die Klapprechner-Tastatur. Schön schöpferisch und wie gebissen von der produktiven Mäusefrau im Kopf, lasse ich die Headline bildhaft ins Auge stechen und klügele mir den Anfang aus :

Villon – ein Mäuseschänder ?

Um zu beginnen, beschwören wir ein eindrucksvolles Bild aus der Filmgeschichte herauf:
Ein attraktives Schaf namens Daisy, das mit reizvollen Dessous geschmückt und mit Schmuck beschenkt in einem heimlichen Hotelzimmer von dem praktischen Arzt Dr. Ross zärtliche Liebensworte zugeraunt bekommt.

Dieser hatte sich sterblichst in die Schafsdame verliebt, als sie von einem armenischen Schafhirten namens Milos in die Sprechstunde gebracht wurde, weil, ach, Daisy die Hirtenliebe nicht mehr erwiderte. Die Romanze mit Daisy endet für Dr. Ross tragisch in Trunk und Ruin, als seine Frau ihn wegen Ehebruchs erfolgreich vor Gericht bringt und der Schafshirt Daisy heim nach Armenien holt.

Auf eigene Art verfilmt der Regisseur Woody Allen damit das Kapitel ‚Sodomie' aus dem in über fünfzig Sprachen übersetz-ten Aufklärungsbuch „Was Sie schon immer über Sex wissen wollten - aber nie zu fragen wagten" von David Reuben.
Sodomie läuft hier als Begriff für Intimität mit Tieren. Das Wort selbst führt zurück auf die Stadt Sodom, ins Alte Testament.

Ich schlage dazu die Bibel auf, einmal mehr gemäß dem Motto: die beste Fibel, lies feste Bibel, und stöbere einen jener delikaten Texte auf, die uns schon im Konfirmandenunterricht mehr interessierten als die alttestamentlichen Psalmen. Die Stadt Sodom, wenn es sie denn je gegeben hat, wurde wegen ihrer sündigen Bewohner durch himmlisches Feuer vernichtet. Genauer, die testeronisierten Sodomiten waren auf die smarten (männlichen) Engel scharf, welche gottgesandt die Stadt besuchten. Die Sünde Sodoms war also die Gier nach Männern, mithin nicht die Lust auf Tiere. Die Frage, ob es möglicherweise Tier-Etablissements in jenem Sündenpfuhl gegeben haben könnte - vom alten Rom wird so etwas ja auch behauptet - lasse ich außen vor. Dies fügt sich nicht in Susannes Feingefühl, wie ich ihr auch nicht zu viel Bibel zumuten möchte.
Susanne scheint mir religiös doch auch eher buddhistisch orientiert; und mit Feuer muss man ihr gegenüber ohnehin vorsichtig sein. Sie hatte mir einmal ihre Furcht vor Feuer mit der Ahnung erklärt, sie sei wohl in einem früheren Leben als

Hexe verbrannt worden; weshalb sie sich folglich auch fern hält von Rauchern , Kerzenlicht und Kaminen …
Also tippe ich nun das dezente Fazit:

Nach sodomitischer Tradition beschreibt der Begriff eher jene geschlechtliche Verbindung, die als „andersrum“ bezeichnet, lange Zeit verteufelt und bestraft wurde - zumeist im männlich gleichgeschlechtlichen Bereich. So galten erstmalig die auch ohnehin verfemten Tempelritter als „Sodomiten“.

Nur ganz beiläufig lese ich im Internet, dass eine Französin Schwierigkeiten mit „la sodomie“ hat: Ihr Mann wünscht sich andere körperliche Verbindungen als die, welche traditionell der Fortpflanzung dient … Ach ja, was man so alles erfährt, wenn das Internet zum Seelsorger wird …
Alles in allem gilt jedenfalls: Was mit Schaf Daisy bei Reuben bzw. Allen unter Sodomie springt, ist begrifflich unscharf, haut nicht hin.
Statt etwaigen Schmuddelkrams werde ich Susanne nun mit wasserklaren Gedanken aufwarten, wissenschaftlich angemessen, schließlich habe ich ja auch studiert, wenn auch nur BWL.
Mit Nachschlagewerken und Notizen geht‘s weiter. Wichtig erscheint es mir, exakte Begriffe zu verwenden, und da, wo sie fehlen, zu erfinden. Geht es doch nicht zuletzt um die Ehre eines toten Dichters.

Für die intime Beziehung „Mensch – Tier“ ist seit über hundert Jahren der Begriff „Zoophilie“, *etwa „Tierliebe“ im psychiatrischen Angebot.*
Um das auf den Punkt zuzuspitzen, was auch bis 1969 als „widernatürliche Unzucht“ mit Tieren strafrechtlich geahndet wurde, wollen wir allgemein den Begriff „Zoosexualität“ und „zoosexuell“ *verwenden.*

Aber, denke ich im Rausch der Begriffe, der Ausdruck Zoophilie ist noch zu allgemein. Noch nicht präzise genug. Da kommt mir ein Wort zu Hilfe, mit dem sachgerecht die häufig bei Frauen anzutreffende Furcht vor Mäusen bezeichnet wird. Nämlich *Musophobie*. Von *mus*, was lateinisch ‚Maus', und *phobos*, was griechisch ‚Furcht' heißt. Beiläufig frage ich mich, warum eigentlich weniger Männer sich kreischend in die Zimmerecke flüchten, wenn eine Maus durchs Zimmer huscht, und bilde weiter:

„… und um den möglichen Sachverhalt in Villons Zelle zu präzisieren, bedienen wir uns der Unterbegriffe Musophilie/musosexuell. *Zoophil ist, wer in* puncto amore *Tiere bevorzugt, was auch nur seelisch sein kann."*

Vielleicht klingt das alles zu trocken, aber es hilft fein zu unterscheiden. Vor allem mein kleiner Nachsatz zur nur seelischen Tierliebe scheint mir gelungen und überaus nachsichtig: Eine einsame Oma mit Kater könnte also durchaus zoophil sein, wenn ihr Herz mehr für den schnurrenden Liebling als für wackere Rentner schlägt. Ob die Zuneigung des Philosophen Schopenhauer darunter fällt, der sich, getreu seinem Ausspruch „Seit ich die Menschen kenne, liebe ich die Tiere", eine ganze Serie Pudel als Lebensabschnittsgefährten hielt?

Ich überlege weiter dazwischen: Der locker dahin gerappte Song eines Helge Schneider „Ich drück die Maus" – er drückt sie ja nicht nur, sondern reimt *musosexuell* „Ich f***"- ein aktuelles Beispiel hierzu wäre? Wohl nicht seriös genug. Wahrscheinlich meint der ja auch die Computer-Maus. ...Weiter klappere ich in den Rechner:

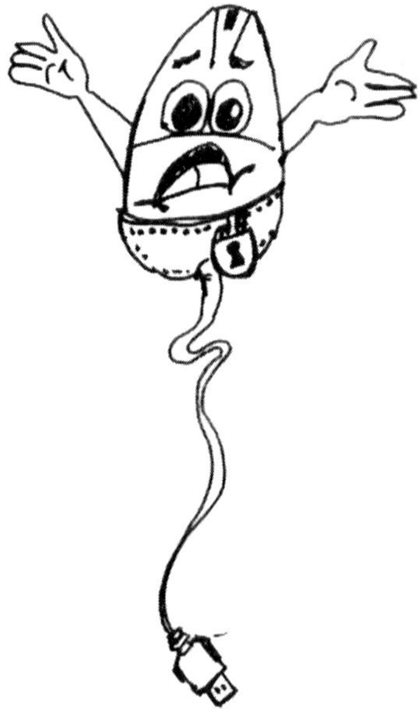

Die Kernfrage ist mithin: War Villon musophil/ musosexuell und wie wäre das zu beurteilen oder gar zu verurteilen? Der lieben Ordnung und angemessener Trennschärfe halber fügen wir in Anlehnung an den gleichgeschlechtlichen Verkehrsbereich (Nothomosexualität) die Variante ‚Notzoosexualität' bzw. ‚Notmusosexualität' hinzu: Dies bedeutete die Auswahl einer Maus als Ersatz, weil kein anderer Partner verfügbar ist. Bei Villon kein menschliches Weib als sein eigentlich begehrtes Objekt.

Damit meine Studie umfassend sei, sollte ich sie unbedingt mit juristischen Sichten anreichern. Und auch noch etwas Tradition, ein bisschen Bibel und ein wenig Geschichte hineinbringen. Das gibt allem den Kick von Fleiß und Weite.

Zurück ins Allgemeinere der Zoophilie.
Auch hier sei zunächst auf biblische Tradition verwiesen. Das Alte Testament bestraft den Tierverkehr kategorisch mit Tod, aber auch mit Fluch, so dass damit die Strafe von Gott selbst erfolgt. Der sieht ja alles und hat auch Einblick in die Hirteneinsamkeit, wenn kein menschlicher Augen- oder Ohrenzeuge dabei ist.
Also, auch wenn sich Villon nicht kreativ in der Mäuseballade geoutet hätte, der liebe Gott hätte den

Vorfall mitbekommen. Wäre nun ein musosexueller Tatbestand vom Mondlicht der Zelle ins mittelalterliche Tageslicht der Öffentlichkeit geraten, hätte man sowohl Villon als auch die Mäusefrau hingerichtet.
In der deutschen Bundesrepublik wäre Villon bis zum 24. Juni 1969 vermutlich strafrechtlich verfolgt worden (die Maus nicht, weil sie juristisch als Sache und nicht als Lebewesen eingestuft wird).

Das müsste erst einmal reichen an Juristerei. Nun ist die Arbeit am Text dran.

Was wäre, was war, was war wahr?
Auf dem nun dargestellten und hoffentlich klargestellten Hintergrund zum Text der Mäuseballade:
Durch einen knallharten Furz löst der Dichter um Mitternacht in der Gefängniszelle fahrlässig die vorzeitige Geburt von Mäusebabys aus. Er nimmt „die lütten Dinger" mit ins warme Bett, anscheinend in brutpflegerischer Absicht: „Als wäre ich ihr Vater Mäuserich". Hier deutet sich, um es psychologisch zu begutachten, ein Identifikationsprozess an, will sagen: Villon fühlt sich selbst als Maus bzw. geschlechtsgerecht als Mäuserich.
Ein musosexuller Übergriff auf extrem minderjährige Mäuse lässt sich nicht feststellen. Nun zur volljährigen Mäusefrau: Sie kommt schließlich, zahm geworden, von sich aus schwänzelnd zu ihm, blickt ihm „froh und groß" ins Gesicht. Die Identifikation Villons mit der Maus vollendet sich nun, die Augen der Mäusefrau empfindet er als groß, während er sich selbst plötzlich mäuseklein fühlt. Ergebnis: Er nimmt sie in den Schoß.
Unter Vorbehalt - wir lesen ja nur die Sicht Villons - lässt sich sagen: Die Mäusefrau kam freiwillig zu ihm. Das ist wesentlich, wenn es etwa um die Frage eines Missbrauchs geht, juristisch, aber auch ethisch gesehen.

Wie erkennt man aber nun und wie schätzt man es ein, wenn allem Anschein nach ein Tier Bereitwilligkeit bekundet? Das ließe sich bei einem Tier nur aus Bewegungen und Lauten erschließen. Nicht einmal ein Papagei könnte sich in deutlicher Sprache äußern. Man ist also grundsätzlich auf Indizien angewiesen.

Dies gilt ja nun wieder ganz allgemein, überlege ich.
Wie deutet und bewertet man die mutmaßliche Freiheit eines Hündchens auf prominentem Arm, des Mopses auf Frauchens Schoß oder auch eines sich an menschlichem Bein abrackernden Rüden? Aber ich will nicht zu sehr ausschweifen. Weiter :

Im Sinne materieller Wahrheitsfindung kommen wir nun zur brisanten Frage nach den nicht näher beschriebenen anatomischen, sprich musosexuellen Vorgängen, die der Balladentext dezent unter der Decke hält.

Allen Ernstes kann ich mir kaum vorstellen, was da sexuell abgelaufen sein sollte. Schon recht nicht, wie körperlich konkret … und fühle mich genauso verwitzelt wie in einem Dönneken jener Standesbeamte, vor dem Elefant und Maus als Brautleute erscheinen.
Auf die erstaunte Frage hin: „SIE wollen heiraten?“ erhält der Staatsdiener des Mäuschens verschämte Antwort: „Nein, wir müssen.“
Gut, mag nun absurd sein, was will - ich ziehe meine Studie durch.
Vielleicht treffe ich ja auf Susannes Humor?

Und, als wäre es der Schwierigkeiten nicht genug, müssen wir den Ausdruck „in den Schoß nehmen“ bedenken.

Ich tippe nicht mehr, also denke ich nach.

In Erinnerung habe ich, dass „in/auf den Schoß nehmen" im heutigen Französisch mit „auf die Knie" nehmen ausgedrückt würde ...

War es IM oder vielleicht nur AUF dem Schoß? Wenn es „auf" dem Schoß war, ließe dies mehr Abstand vermuten und die ganze Angelegenheit erschiene in einem anderen Zellenmondlicht.
Unsere Untersuchung nimmt nun eine neue Richtung. Wir stehen nämlich vor dem Problem der sprachlichen Übertragung - denn wir haben es ja nicht mit dem französischen Originaltext zu tun, sondern die verdeutschte Version des expressionistischen Dichters Paul Zech vor Augen.
Mithin: hin zum Grundtext Villons.

Irgendwo in meinen Regalen müsste eine französische Originalausgabe der kompletten Poesie Villons stehen. Ein Taschenbuch, weiß, mit rotem Galgen auf dem Cover, gekauft in Paris vor zwölf Jahren. Ich suche, finde es aber nicht dort, wo es ordentlich stehen müsste. Schließlich gehe ich mit dem Lichtspot einer Taschenlampe Buchrücken für Buchrücken und Regal für Regal durch. Eins zwei drei vier fünf sechs sieben, wo ist der Villon geblieben? Ist das Bändchen vielleicht anlässlich meiner Scheidung beim Büchersplitting mit meiner französischen Ex-Frau entschwunden? Vielleicht hätten wir seinerzeit doch eine Eheberatung vorziehen sollen …
Nach einer Stunde ergebnisloser Absucherei und nach ein paar vergeblichen Wogen im Internet ist mir klar: Es bleibt nur ein gezielter Besuch der Universitätsbibliothek.
So schleiche ich mich am nächsten Spätnachmittag auf ein Stündchen in die betreffende Uni-Abteilung meiner Stadt ein. Da ich keine Leserkarte besitze, habe ich mich auf Professor verkleidet, in grauem Anzug ohne meine einzige Krawatte, eine mit Blümchen; stattdessen mit einer dunkelblauen aus dem

Reservoir meines Vaters umhalst, nicke ich mich würdig und mit Erfolg an der Bibliotheksaufsicht vorbei.

Die Buch-Suchmonitore links vom Eingang locken mich nicht. Lieber lasse ich mich handgreiflich verführen von den Büchern selbst, und stehe nun glücklich vor einer Unzahl von Regalen, will mich einmal wieder ganz berauschen lassen von diesem Wald des Wissens mit seinen Blättern der Weisheit.

Ach, wie mancher Mann sich wünschen mag, für eine Nacht mal Frau zu sein - ich wünschte mir, für einen Tag zur Büchermilbe zu mutieren, ganz umgeben von Köstlichkeiten zu futtern … So ein Buch in der Hand, streichelfähig, erschnüffelbar, lustspendend bleibend, bewahrungswürdig im Geruch der Jahre, so vertraut anders als der Klapprechner, der höchstens nach Elektro oder Reinigungsmittel riecht …

Aber nüchtern werden, an die Arbeit. Ich verfüge mich in die Abteilung französische Literatur 16. Jahrhundert, Buchstabe V.

Die wissenschaftlich sauber edierten französischen Originale haben vieles - nur keine Mäusefrau. Nun heißt es Lexika wälzen, erweiterte Suche nach der Maus im Umfeld Villons. Vielleicht gab es ja Nachahmer Villons? Irgendjemand, der wie Villon sein wollte, nach dessen Art und in seinem Stil schrieb? Sind vielleicht in irgendeiner verstaubten Bibliothek neue Originale des Liederlichen aufgetaucht? Nichts finde ich dazu. Oder sollte etwa der Text wirklich nicht von Villon selbst geschrieben sein? Suche, Suche nach der verlorenen Maus zu inzwischen vorgerückter Stunde.

Die letzten Studenten verlassen schon auf leisen Turnschuhsohlen den Lesesaal. Bevor ich mich den Leisegängern in meinen festlich schwarzen Lackschuhen zwangsläufig anschließe, erblicke ich auf einem Bücherrücken noch den Namen eines Herrn Professor X. Der scheint Experte zu sein, so etwas wie ein Villonist. Nun aber ist offiziell Sperrstunde für mich, Fastenzeit für die fressfreudige Büchermilbe.

Auf meinem Ergebniszettel steht nur: Professor X.

Daheim, dank Internet, präsentiert die Deutschland-Telefonsuche eine Nummer, die seine sein müsste. Gottseidank heißt er nicht Müller. Höflich gegen elf Uhr rufe ich ihn am nächsten Vormittag an. Mutig im Dienste der Wissenschaft. Es meldet sich eine heitere Stimme.
Gezielt bescheiden anfragend, erfahre ich, er ist's, den ich suchte, der Herr Professor X. Inzwischen ist er emeritiert, folglich frei für die Forschung. „Nein", schmunzelt er durchs Telefon, die Ballade mit der Maus sei wie noch ein paar weitere das Produkt des deutschen Nachdichters Paul Zech.
So wird mein gordischer Mauseknoten mit elegantem Federhieb zerhauen:
„Zech ist sehr liberal mit Villon umgegangen. Sowohl mit den Originalen und deren vorhandenen Übersetzungen als auch mit dem, was er selbst unter dem Namen Villon hinzugedichtet hat. Wie beispielsweise die Ballade der Mäusefrau."
Um auch etwas Kluges zu sagen, füge ich hinzu: „Ja - solche Pseudoschriften haben ja gewissermaßen eine alte Tradition, so schreibt man dem biblischen König Salomo ja auch Bücher zu, die er nie verfasst haben kann. Aber besser - wie auch Zech - eigene Federn als fremde auszugeben, als sich mit fremden als eigenen zu schmücken ..."
Nach solchem eigenen Wissensbeitrag fühle ich mich besser und würdig dieser und jener weiteren Bemerkung des Herrn Professors zu Villon und Zech. Er fügt noch hinzu: „Es gibt im Übrigen zwei Versionen der Mäusefrau. Eine erste aus dem Jahre 1931, die wurde von dem Schauspieler Klaus Kinski dem Publikum serviert, eine andere von 1943. Die Änderungen, die Zech 1943 vorgenommen hat, zeigen übrigens gut, wie sehr er seinen Villon als sein geistiges Eigentum betrachtete, mit dem er beliebig schalten und walten konnte. Vielleicht hilft Ihnen das ja weiter."
Eine beglückend hochgradige Plauderei beende ich mit demütigem Dank und ganz beeindruckt.
Was der Mann alles so im Kopf hat - geistig fit wie Wikipedia!

Ich sollte selbst mehr intellektuelles Gehirnjogging betreiben, überhaupt und vor allem später im Alter. Nicht nur dereinst mit Kreuzworträtseln oder „Mensch ärgere dich nicht" im Seniorenstift die Restzeit totschlagen ...
Ob ich ihm, dem Herrn Professor, vielleicht sogar meine „Studie mit der Maus" zuschicke?
Aber dann mit Fußnoten - korrekten, denn alles spricht dafür, dass er sie redlich routiniert überprüft, selbst wenn meine Auslassungen keine Doktorarbeit sind.

Abends gehe ich nun den zwei Versionen der Mäusefrau nach. Susanne hat die von 1943. Wie sagte der Herr Professor - Klaus Kinski präsentierte die alte Fassung von 1931.
Da müsste doch noch die Schallplatte sein? Gottlob ist mir die trotz Trennung von der Ex geblieben. Ich bewerte die Scheidung wieder milder und gebe mich der atemberaubenden Stimme von Klaus Kinski hin.
Unberauscht notiere ich nun die allerdings erheblichen Unterschiede aus der ersten Zech-Version - tierisch brutale Abweichungen, so insbesondere aus den „Nachgedanken". Die lauten:

„Ich weiß die Spur....nicht erst seit gestern Nacht.
Mich hat schon manche Frau zum Tier gemacht."

Das passt zu Kinski, aber zu Susanne nicht. Bei dieser Variante hätte sie sich wohl kaum wie anfangs beim Jogi-Tee einlullen lassen.
Ob es dann wohl überhaupt zu meiner Studie gekommen wäre?
Meine Studie? Jetzt erst wird mir klar: Eigentlich ist meine Mausestudie ein irrwitziger Versuch ...
Als wäre ich vom hohen Ross der Wissenschaft gefallen, frage ich mich, was von all meinen schönen und so vielfältigen Gedanken bleibt, was bleibt von Villon - vielleicht eine Art Zechvillon? Könnte ich das nicht doch als Erkenntnis, gar Forschungsergebnis hinbiegen?

Etwa:
Was alle Liedermacher und Kinskis wohl nicht wussten: Die Mäuseballade neben ein paar weiteren Balladen entstammt der Feder Paul Zechs. Dies erfährt man spätestens auf der Suche nach dem Originaltext Villons.
Wer die Quelle der Mäusefrau bei Villon sucht, wird nur bei Zech fündig. Also nichts mit Missbrauch, nichts mit Musosexualität beim wirklichen Villon.
Nun ließe sich freilich fragen, wie Zechs Etikettenschwindel zu bewerten wäre, ein Plagiat, ein Betrug im klassischen Sinne ist es ja nicht, eher ein „Pseudovillon“ im Dienste der Villon-Verbreitung im deutschsprachigen Raum?
Scheint in der Ballade nun aber möglicherweise eine musophile Tendenz des Nachdichters Paul Zechs durch? Geht die Ballade gar in Richtung „übler Nachrede“ gegen Villon mit einem Hauch Vorwurf der Verbreitung tierpornografischen Textes?

Aber was ist solch müßige Fragerei letztendlich angesichts einer Welt, in der Mäuse Buchsbäumchen anknabbern?

So stehe ich nun mit ausgedruckter, aber irgendwie irriger Studie als Blätterbündel unterm Arm ohne Topfblume vor Susannes Wohnungstür.
Die Tür öffnet sich und siehe da: Susanne hält ein Kätzchen im oder auf dem Arm, lächelt mich matriarchalisch an, so als hätte sie den Kreislauf der Natur zur Welt gebracht. Mir so Verblüfftem bleiben nunmehr zwei Fragen: die eine nach der literaturgeschichtlichen Bedeutung des Zech-Villons (ergänzt durch etwas psychologische Tiefbohrer - so als Fitness-Programm fürs Alter) und die ganz wesentliche Frage, ob mich Susanne wohl eines ferneren Tages gar zu Tisch bittet mit einem Steak, gespendet von einem Schwein mit Freilauf, das sich biologisch glücklich zum Stromschlag gefressen hat ...? Weiß die Maus!

Thomas und das Zeugnis der Reife

Als ich, Thomas - vor wie viel Jahren mag ich nicht nachrechnen - das Zeugnis der Reife überreicht bekam, damals, da war dieser ganze Initiationsritus „Abitur" noch nicht zur Bewerbungsfitness demokratisch zentralisiert; der Ausspruch „cool" oder „echt geil" kam in Mode, und mir war in beglaubigter Reife vielerlei bekannt, z.B. über das Koordinatensystem oder die Geschichte der Inkas.

Ganz umfassend jedoch wusste und erfuhr ich, was „Metamorphose" bedeutet. Vom Griechischen her heißt das Wort ja Verwandlung, und es bezeichnet in der Natur alles, was sich ändert und entwickelt, beispielsweise, wenn sich eine Raupe als Schmetterling entpuppt oder Pflanzen ihre Blätter an neue Lebensbedingungen anpassen. Auch mein Abiturprüfungstext im Fach Latein war eine Metamorphose, eine literarische, nämlich eines jener Geschichtchen des römischen Dichters Ovid, in dem zumeist ein Gott die Menschen verwandelt, häufig zur Strafe, selten zur Belohnung, und noch seltener einfach nur so, wie bei der Zauberin Zirze, die Männer zu Schweinen machte.

In unserem Abi-Prüfungstext waren es die lykischen Bauern, böse Lästermäuler, die einer dürstenden Göttin *(incognito)* Wasser verweigern und zur Strafe in quakende Frösche verwandelt wurden.

All solche Verwandlungen wären totes Wissen geblieben, wenn ich nicht vor Ort ums Abi herum eine Metamorphose eigener Art miterlebt hätte, und das kam so:

Zum Erstaunen für uns Gymnasiasten im zweijährigen Endstadium, und mehr noch manchem Bewohner unseres Städtchens zur Empörung bezogen drei neue Mitschüler aus der nahegelegen Landeshauptstadt eine Wohnung unter dem Dach eines Fünffamilienhauses, zwei gerade volljährige Knaben und eine junge flügge Frau.

Schon ihr Umzug bzw. Einzug mit buntem Transporter voller Sperrmüllmöbel erregte allgemein Aufsehen und Gerede, zu-

dem ihre Kleidung, ein kaum Kleinstadt-kompatibles Gemisch von Öko und einem Resthauch von Flowerpower.
Jedenfalls geriet alles um dieses Exoten-WG in die kleinbürgerliche Registratur. Allein schon, dass man nie den Besuch ihrer Eltern als etwaige „*Signori Controlletti*" beobachtete, dass sie sich, wie ein Fernglas scharf bestätigte, auf dem kleinen Dachbalkon nackt sonnten und dies und das. Unser Städtchen passte eben nicht zu ihnen, und alle provinziellen Nattern verspritzten darüber ihr Gift.
Da die drei nicht nur die gleichen Kurse an unserer höheren Lehranstalt belegten, sondern auch immer als Trio auf dem Schulhof zusammenhockten, und weil sie stets selbdritt im kleinen Ökoladen ihr Obst und Gemüse einkauften, wurden sie bald das Kleeblatt genannt. Dies war ein biologisch charmantes Wort gegenüber der Rolle, die sie als Trio infernal (höllische Drei) soziologisch spielten. So weit, so gut. Und vielleicht hätten Zeit und Gewöhnung alles Red-Unselige gemildert, wäre das Mädel nicht acht Monate vor dem Abitur schwanger geworden.
Ab da wurden die Drei neu bespekuliert. „Da hat wohl das Jute-Kondom nicht gehalten!", spöttelten die Jüngeren und die älteren fauchten „Sodom und Gomorra".
In der Schule wie im Städtchen spitzte sich die Neugierde auf die alles entscheidende Frage zu, wer von den beiden Jungmännern denn nun ursächlich zum Wuchs des vierten Kleeblättchens beigetragen habe. Da ein einziger Mitschüler einmal zu Besuch beim Kleeblatt unterm Dach war und von einer „Riesenmatratze mit drei Decken drauf" sprach, zudem von einem freizügigen Poster an der Wand darüber mit dem alten Slogan „Make love not war", belebte sich das Rätseln um die drei neu, wer wohl mit wem? Von allem wenig berührt blieben die drei alternativlos guter Hoffnung.

Ein wirkliches Tohuwabohu ergab sich erst plötzlich und unerwartet bei der schriftlichen Abiturprüfung, nämlich als der Herr Gymnasialdirektor im Biologie-Leistungskurs mit großer Geste und Brieföffner den Abiturvorschlag lüftete. Damals war

letzterer noch einer von dreien – von unserem Fachlehrer mühselig zusammengebastelt und geheimnisvoll auserwählt von der Bezirksregierung. Dies Dokument des Fiebers und der Neugier wurde nun dem Biologie-Prüfungskollegen überreicht, auf dass dieser den entsprechenden Aufgaben-Zettel-Packen aus seinem vorsorglich abgeschlossenen Aluköfferchen zog.
Mitten in dieser höchst angespannten Zeremonie kündete das vierte Kleeblättchen mit dem Vorwehruf der Mutter seinen Durchbruch an. Gut vier Wochen zu früh - und im Kurs war nichts mehr, wie es sein sollte: Besorgte Rufe nach einem Krankenwagen, Prüflinge in Durcheinander und Aufruhr, hilflos der Prüfer und noch hilfloser der Herr Direktor. Schließlich fuhr eine kühlköpfige Lehrerin die Frühergebärende in Begleitung der beiden potentiellen Väter ins nächstgelegene Krankenhaus.
Am Nachmittag gegen vier Uhr, als das Lehrerkollegium schon in die dritte Stunde einer Krisensitzung um die Biologie-Prüfung und den ramponierten Prüfungsplan ging, als alle Schüler und auch das halbe Städtchen dem Endergebnis des ganzen Rambazambas geradezu entgegenfieberten, brach das vierte Kleeblatt im Schrei eines naturgemäß kleinen Mädchens durch.
Nach manchem Fax und der Schaltung einer Hotline hin und her zwischen Schule und Bezirksregierung konnte die Sonderprüfung Biologie mit vier Wochen Verspätung über die Bühne gebracht werden - nach mehreren Konferenzen, dank amtsärztlichen Gutachtens zur Prüffähigkeit der jungen Mutter, und bei wohl manchem verhaltenen Fluch über den vierblättrigen Stressfaktor. Für die geplante Abi-Feier hatten alle Redner und die leicht jammernden Geigen des Schulorchesters eine Woche mehr Vorbereitungszeit.
Ich selbst hatte eine Reise nach Jerusalem storniert, höhere Gewalt, als ich schwarz auf weiß die Bescheinigung meiner hoch bepunkteten Reife acht Tage später in Händen hielt; dem Schein des Wissens wich dann mein Wundern, das beträchtlich den Starauftritt der jungen Mutter voraussetzte.

Diese saß nämlich nicht unter den gefeierten Abiturienten in den ersten Reihen, sondern betrat die Aula erst, als der schwarz-weiß gekleidete Schulleiter ihren Namen bei der allgemeinen Zeugnisvergabe aufrief:
Da erst erschien sie in blümchenbuntem Kleid mit Baby auf dem Arm in der Eingangstür und schritt, eskortiert von den beiden rasch rechts und links ihr zur Seite aufgesprungenen potenziellen Vätern, zum Empfang des Reifeblättchens. Und plötzlich erhoben sich da alle Anwesenden, ganz spontan gerührt, und spendeten anhaltend Beifall.
Einen solchen Umschwung von Pfui zu Hui empfand ich damals als wahre Verwandlung. Das dreiblättrige Kleeblatt erlebte dank des Wandels zum vierblättrigen das Glück unerwarteter Toleranz in einer kleinen Gesellschaft. Eine Metamorphose, die mir das Leben schrieb und mich hoffen ließ.

Als in neuerer Zeit um das Pop-Idol Michael Jackson ein ähnlicher Bewertungswandel inszeniert wurde - Gerücht, Gericht und neuer Glamour dank Tod - kam mir das Kleeblattstück aus dem Leben wieder in den Sinn.
Ich redete über all das auch mit meiner Lebensgefährtin Regine. Wir reden viel und planen schon seit dem fünften Jahr unserer Gemeinsamkeit ein erstes Kind fürs nächste Jahr, verbunden mit Heirat aus steuerlichen Gründen.
Klug und politisch aktiv, wie Regine ist, spricht sie – wie stets die Gesellschaft ins Visier nehmend - zusammenfassend von „veränderungsreif“ im Allgemeinen, und mir kommt aus nostalgischen Tiefen das Bild vom vierten Kleeblättchen in den Kopf.

Dreimal altertümliches Stückwerk - Erzählversuche -

Es soll im Folgenden um die Philosophie der alten Griechen gehen.
Die alten Griechen? Da denkt manch einer im Jahr 2011 wohl an grauhaarige Rentner in prekären Verhältnissen.
Und Philosophie - die mag als etwas Exotisches im Schatten der Informatik stehen.
Erwähnt man beispielsweise den Namen Platon (griechischer Philosoph), man dürfte damit rechnen, dass viele dahinter eine Art Edelmetall vermuten. Vielleicht trifft man auch diesen oder jenen schwulen Schwärmer, der seinen Lebensstil mit dem alten Griechenland als vermeintlich gleichgeschlechtlichem Eldorado rechtfertigt und damit dümmlichst jenen Platon, vielleicht gar alle griechischen Philosophen, einen klugen Kopf kürzer macht.
Immerhin, die Griechen sind nicht ausgestorben – aber allein schon ihre Philosophie verdient es, vorm Aussterben geschützt zu werden.
Nun heißt ja Philosophie in etwa „Streben nach Weisheit".
Und was bedeutet heutzutage noch Weisheit? Lange Zeit war dies so etwas wie der Trostpreis des Alterns.
Junge Weise gibt es nämlich nicht, höchstens Naseweise.
Es bleibt ein Bild von Opa mit wenig Haar, aber einem großen Vorrat an Lebensregeln im Kopf, von denen er souverän an die Nachgeborenen austeilt …
Ein Bild mit schwindenden Pixeln. Vielleicht, mag man weise vermuten, ist es ja aktuell weise, wenn ein Großvater sich vom Enkel das Internet erklären lässt?
Wie dem auch sei, hin zur altgriechischen Philosophie!
Die gab es nämlich – als in deutschen Wäldern noch Germanen oder Kelten ein finsteres Dasein fristeten.
Genug des Plauderns! Ran an das, was sich einem so alles in den Schädel schleicht …

Wir schicken unsere Phantasie auf die antike Rückreise, auf die Spurensuche nach Weisheit, ins vierte Jahrhundert vor Chr. nach Athen und lassen drei phantastische Floskeln erblühen aus dem Steinbruch der Tradition.

I. Der Mann mit dem Licht oder: Die bittersüße Suche

Athen, Mitte des vierten Jahrhunderts vor der Zeitenwende.
Ein Mann in den besten Jahren, auffallend einfach mit einer Art Sack bekleidet, der tappt im Glanz der Spätnachmittagssonne Richtung Marktplatz. Den Blick nach innen gekehrt, die Lippen leicht zusammengekniffen, in der Hand eine Öllaterne, vorsorglich gegen die Dämmerung angezündet. Er sucht etwas, das er vormittags in der Stadt verloren hat, vielleicht, weil er zu sehr ans Denken dachte.
Er geht noch einmal die Wege entlang, auf denen er es verloren haben könnte. Backwerk hat er verloren. In seiner Sprache „*enthrypton*".
So leuchtet er mit der Laterne auch alle bereits halbdunklen Nischen und kleinen Winkel des Marktplatzes (*agora*) aus, die Stirn in Zornesfalten, da er kurz- und weitsichtig zugleich ist.
Die Leute wundern sich über den komischen Kauz im Sack, und einer fragt: „Na, schon die Tonne geputzt?" Er meint damit die kärgliche Behausung des Laternenträgers, der jetzt an einer Gruppe feiner junger Männer vorbeikommt.
Die scharen sich um einen Herrn mit großen Gesten. Der spricht darüber, wie man es mit richtigen Worten schafft, jemanden von einer Sache oder aber deren Gegenteil zu überzeugen.
Als die Laterne an einem der noblen Jungspunde vorbei leuchtet, fragt dieser den Beleuchter: „Was suchst du denn, Diogenes?"
Der hält ihm das Licht ins Gesicht und sagt nur „*enthrypton*". Eben Backwerk. Da der Laternenträger nuschelt und nichts Süßes, sondern nur bitterer Spott von ihm erwartet wird, ver-

steht der Angeleuchtete: *anthropon*, und das heißt „einen Menschen“.
Halb empört, halb belustigt offenbart er der schicken Schar: „Der liebe Diogenes leuchtet mir ins Gesicht und sagt, er suche einen Menschen.“ Und er deutet sogleich: „Ich bin also kein Mensch in seinen Augen.“ „Was kümmert es die Sterne, wenn ein Hund sie anbellt?“, beschwichtigt ihn ein anderer. Man kennt doch den Sonderling und seine provokanten Liebesakte. Saß er doch, so heißt es, mitten auf dem Marktplatz, hob sein Gewand und pflegte der Liebe an sich, legte also Hand an sich, um sich mit derselben danach auf den Bauch zu klopfen und zu sagen: „Wenn der nur auch so einfach zufriedengestellt werden könnte ...“

Aber nun debattieren sie, was denn nun eigentlich einen Menschen ausmache. Sie reden von allem, womit sich die Zivilisation ins Zeug legt, von Kunst, Fertigkeit, Fortschritt und vor allem von Sprache, die doch den Menschen vom Tier so wesentlich unterscheide. Damit landen sie dann wieder beim ursprünglichen Thema, nämlich bei den Techniken, in jedem Falle mit Worten zu überzeugen.

Diogenes tappt derweilen heim in Richtung Stadtaußenseite.
Wenn man sich diese Geschichte in heutiger Zeit vorstellte ...?
Er wäre an einer ganzen Reihe von Automobilen vorbei heim gegangen, an den Sportwagen der diskutierenden Yuppies, an langen Reihen von Papas protziger Limousine, Mamas mittlerem Zweitwagen und kleineren Drittwagen (aus Omas Sparschwein für den Enkel). Für sich selbst hätte Diogenes wohl schon ein Fahrrad als Luxus pur verdammt. Möglicherweise hätte er am Stadtrand in einem minimalen Container gehaust.
Diogenes heute?
Er wird als Philosoph gehandelt, der jeden Komfort ablehnte.
Er hat aber nie etwas von seinen Gedanken aufgeschrieben, genauso wenig wie beispielsweise Jesus, Buddha oder Sokrates.
Zu dumm, denn dieser Mangel lässt allerlei Deutelei ins Kraut schießen, manches Histörchen bis zum subtilsten Tratsch.
So wurde dann auch von Diogenes erzählt als einem, der gegen alles, was gemeinhin gilt und gelten will, die Zähne fletscht, anbellt und zubeißt.
In Taten und Worten und mit Nachfolgern, die so wie er oder ähnlich dachten und hundearm lebten. Man nannte sie dann, wohl wegen ihrer wörtlichen Bissigkeit, die Kyniker, was soviel bedeutet wie die „Hündischen“. Von diesen Jüngern des Diogenes haben wir auch Schriftliches.
Geblieben von ihnen ist zumindest das Wort zynisch.
Das mag durchaus mit „bissig“ verstanden werden, ist alles andere als Humor, der weise ist, und Ironie, die fein sein kann.
Kynisch oder zynisch - beides könnte man verstehen als ein bitteres Nein zu allem, was an Werten behauptet wird oder gerade in Mode kommt.
„Wann kynisch? Wann zynisch?“, fragen wir uns einmal.
Wer hat die Weisheit des Unterschieds?
Tante Frieda als Beispiel :

Sie bezeichnete den Hund Rocki, einen optisch unglücklichen Mischlingsrüden, als Blutwurst auf Beinen und kichert ihrem Neffen, Rockis Herrchen, ins Gesicht: „Nun kannst Du mir ruhig böse sein." War sie damit zynisch - oder ihr Neffe, als er ihr antwortete: „Nein, ich bin meinem Rocki böse, weil er dich nicht gebissen hat!"
Alle Kyniker, alle Zynischen, alle Menschen und auch Diogenes mit Laterne in Athen suchen sich wohl selbst. Welch eine Binsenweisheit!
Manche finden sich selbst, beispielsweise im Auto; manche erfinden sich selbst und halten sich dann dafür, manche haben sich selbst verloren und kämpfen bissig bis bitter auf diesem Posten - an und für sich - mit dem Rollator tappender Einsamkeit!
Es bleibe als süßes philosophisches Backwerk, sich selbst zu suchen, und wenn es da etwas zu finden gibt, dies auch zu verwirklichen.
Als hausbackenes Heilmittel gegen Zornesfalten, Burnout, Scheidungen, Depressionen und als Schwung für den Rollator.

II. Szene einer Ehe oder: die Quelle der Weisheit

Athen, etwa im Jahre 413 vor Chr.
SIE gut 20, ER über 50, verheiratet (nicht gegeneinander).
Derlei Ehearrangements von jung und weiblich zu alt und männlich waren damals weniger neben der Spur als heutzutage, wenn ein Geldsack sich junges Gemüse auf den Teller kauft, um seine Hormone in Schwung zu halten - oder ein Promi durch den Griff in die Humanfrühjahrskollektion ewige Fitness demonstriert.
ER hingegen war noch nicht prominent, auch nicht reich, aber er hatte Geist.
(Freilich, als sie vor drei Tagen von ihm schwanger wurde, hatte SIE sich dabei den feschen Hopliten - also einen gut ausgerüsteten Soldaten - vorgestellt, der ER einst war.)

Wir blicken nun in ein kleinbürgerliches Häuschen mit rechteckigem Innenhof und einem Stall mit Esel und lauschen:

SIE: „Schön, dass wir ein wenig Zeit zum Gespräch finden. Das ist wohltuend anders all das tägliche Gewäsch aus der Nachbarschaft."
ER: „Was gibt es denn da Neues?"
SIE: „An sich nichts Neues. Nicht einmal Neuartiges."
ER: „Nun sag es schon, frisch heraus damit."
SIE: „Nun, Lydia, unsere Nachbarin, soll im Zorn ihrem Mann einen Becher Wasser ins Gesicht geschüttet haben, so erzählte ihre Sklavin."
ER: „Und, war es so?"
SIE: „Wahr daran mag sein, dass Lydia von feurigem Wesen ist. Hätte sie ihm wirklich Wasser ins Gesicht geschüttet, dann am ehesten wohl, weil sie und ihr Mann nicht so miteinander reden können wie beispielsweise wir."
ER: „Bleibt jedoch grundsätzlich die Frage, ob sich diese Szene mit Lydia tatsächlich so abgespielt hat."
SIE: „Was wäre, wenn? Die Antwort in diesem Falle würde nichts ändern. Gerede bliebe - aber bitte ohne mich!"
ER: „Und wenn Gerede um dich selbst entstünde?"
SIE: „Dann nehme ich das hin wie ein ungerechtes Gesetz, nämlich ungern. Was mich aber nicht dazu bringen wird, mich am ‚Gerede gegen andere' zu beteiligen.
Halt, ich höre gerade von draußen her die Stimme unseres Freundes Kritias. Ich vermute, ihr habt euren Gesprächskreis auf der Agora. Zeit, dass du dich dorthin auf die Beine machst. Bevor du gehst: Mach den Becher Wasser nicht zum Thema, bitte!"
ER: „Versprochen. Ich schweige. Ich weiß, dass ich nichts weiß."
SIE: „Du, der letzte Satz hört sich gut an …"
ER: „Ich weiß, dass ich nichts weiß?"
SIE: „Ja. Eine reizvolle Formulierung. Daraus könntest du etwas machen …"

Mancher mag ahnen, dass „ER" der Philosoph Sokrates ist. Denn sein Ausspruch „Ich weiß, dass ich nichts weiß" ist durchaus heute noch bekannt.
Und in der Tat hat ihn Sokrates in hoher Qualität ausgestaltet. Als ihm nämlich das Orakel von Delphi mitteilte, er sei der weiseste unter den Menschen, wollte er dies nicht glauben, aber brav im Dienste der Wahrheit sprach er mit allen, die er für weise hielt. Zum Beispiel mit Politikern, allen voran.
Fazit: All diese waren zwar auf diesem oder jenem Gebiet kundig, versagten jedoch bei den wesentlichen Fragen. Da dämmerte ihm allmählich: Viele andere hielten sich für weise, waren es aber nicht. Er war es auch nicht, war sich dessen jedoch bewusst. Dahingehend war er nun doch klug und relativ der weiseste – ganz gemäß dem Orakel. Und so formulierte ER, von seiner SIE angeregt: „Ich weiß, dass ich nichts weiß." „SIE" ist Xanthippe, manchen bekannt als zänkisches Weib, das ihrem Mann das Leben zur Hölle bzw. zum Hades machte.
Angeblich.
So behauptet man(n).

III. Wein mit Wahrheiten

Erster Tag

Er erwachte gegen Mittag mit Schmerzen im Kopf, als hämmerte darin ein Steinmetz. Vom Magen her war ihm übel. Er schwankte noch leicht, als er im Garten neben einer Pinie Platz nahm. Das Denken kam nicht recht in Gang, die Erinnerung noch weniger: Wie war er nach Hause und auf sein Lager gekommen?
So weit erinnerte er sich dann doch noch:
Er hatte seinen halben Becher Wein genossen, wie üblich kurz vor Sonnenuntergang, dann den leeren Becher betrachtet, in dem nunmehr ein Nichts war. Das ließ ihn darüber grübeln, wie schwierig es war, ein „Nichts" überhaupt zu denken. Dies wiederum hatte den Gedanken an den Tod, das Nichtmehrsein

ausgelöst. Darüber hatte er dann ausnahmsweise ein zweites, diesmal volles Glas Wein getrunken, was ihm nicht ohne leichte Heiterkeit die gängigen Bilder belächeln ließ, die Menschen vor ihm entworfen hatten über ein Leben nach dem Tod:
Ein Schattendasein der unsterblichen Seele im Reich unter der Erde, oder der menschliche Geist, was immer das sei, der in einen göttlichen Himmel aufsteigt - oder die Seele als eine Art Wanderseele durch Flora und Fauna …
Während er dabei den letzten Schluck trank (das zweite Glas: ein Leerstück), kamen ein paar Freunde. Man trank gemeinsam weiteren Wein, und auch Andreios, sein Sklave, saß dabei und hatte einen Becher abbekommen. Schließlich gingen - oder schwankten sie bereits? - gemeinsam zu Sophie, der Hetäre, eine jener Damen, mit denen sich's vorher und nachher geistreich plaudern ließ, die viel gewährten, wenn man ihnen viel gewährte. Jede Freundschaft, auch die zu Sophie, ist eben letztlich von Nutzen getragen.
Was dann in Sophies Salon, ihrem unterhaltenen, unterhaltsamen Arbeitsgemach, beim Klang der Flötenspieler geschah …? Er erinnerte sich kaum, vielleicht, wie er ihr über das zarte Gewand gestrichen hatte …
Der Rest des ersten Tages verlief schleppend und in Reue über den Vortag. Was hatte ihm dieser Schwank seines Lebens gebracht:
Im Kopf Lücken, Hämmern und Nachdenken im Kriechgang. Kurz: ein vertaner Tag danach. Immerhin, als die späte Sonne lange Schatten in den Garten warf, schrieb er: „Bei allen Begierden", und rieb sich die Stirn, „gilt es stets zu fragen: Was geschieht, wenn meine Lust befriedigt ist, und was, wenn sie nicht befriedigt wird?"
Das Übermaß Wein am Vortag und als Folge: Gespräche, die zu Geschwätz wurden, eine getrübte Freude mit Sophie - all das ergab nur flüchtigen Lustkonsum mit langer Unlust nach dem Erwachen. Eben wenig, fast nichts.

Und da war es wieder, das Nichts. Er verschob diesen Gedanken auf einen frischen nächsten Tag. Mit der Freude auf ein halbes Glas Wein.

Der nächste Tag

Im Garten mit Griffel wertete er den Vortag aus. Denken wollte ich, Hämmern im Hirn hatte ich. Schreiben wollte ich, Kotzen musste ich.
Freude wollte ich, Reue biss mich …
Was und wo ist das, was als Geist oder Seele sein soll? Im Kopf, im Bauch, im Herzen?
Irgendwo, irgendwie muss das mit dem Körper zu tun haben. Der Wein hatte - so vermutete er - nicht nur den Körper, sondern alles an Empfinden, alle Gedanken, alle Bewegungen lahm gelegt. Seinen letzten nächtlichen Willen bei Sophie hatte er womöglich nicht ausführen können.
Und wie sich alles, was vorhanden ist, aus allerkleinsten Teilchen zusammenfügt, so sind Seele und Geist in kleinsten Körperteilchen zu suchen. Wie denn ja auch beides, Geist wie Seele, im Altern mit dem Dahinsiechen des Körpers abnimmt, bis ins Kindische. Bis beide mit dem Körper absterben und versagen, wenn der Wein sie überschwemmt. Und da war er wieder, der Gedanke an den Tod. Er vertagte ihn, genoss das halbe Glas Wein in kleinen Zügen.
Ein Gläschen in Maßlust.

Der übernächste Tag

Der Schlaf hat ihm gut getan, er genießt die Freiheit vom Kopfschmerz. Frisch der Körper, frisch die Gedanken und frei das Erkennen:
Tod bedeutet Auflösung aller Elemente des Körpers. Damit enden auch Geist und Seele, die in kleinsten Körperteilen siedeln.
Er notiert: Angst vor dem Tod ist überflüssig. Solange wir

(= unsere Körper) da sind, ist er (der Tod) nicht; und wenn er ist, sind wir nicht mehr.
Nicht mehr. Damit bleiben für den Rest des Tages: Ein halbes Glas Wein bei einem Gespräch mit Freunden über den abzuhakenden Tod, ein schöner Garten und Genuss des Denkens, so ganz ohne eitle Politik ...

Der Mann, mancher mag es ahnen, heißt Epikur.
Von Andersdenkern als platter Prophet der Lust abgetan oder gar zur „epikureischen Sau“ gemacht; vom italienischen Dante in die Hölle verdammt, beim englischen Shakespeare ein Schimpfwort ... immerhin, der deutsche Goethe deutet an, Epikur sei missverstanden worden.
Wir merken nur auf höherer Ebene den einmaligen Wert seines Besäufnisses an.

Soweit die antike Rückreise, der im Augenblick des Sommers 2011 die Frage angefügt sei, wie das europäische Kulturkind in der griechischen Wiege wohl zu schaukeln wäre?

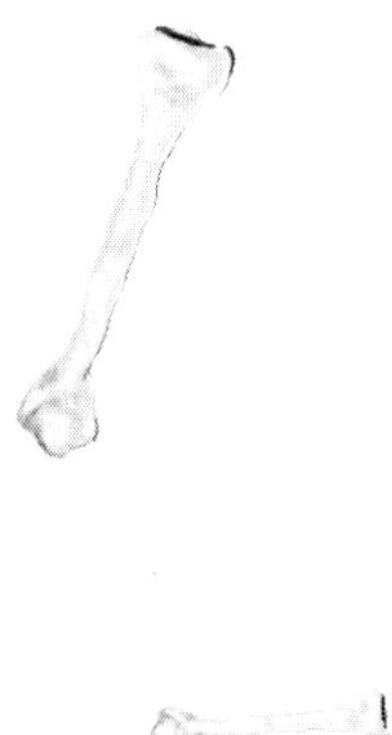

Die phantastische Welt der Melusine

Heute ist der Tag, an dem Du mich besuchen kommst, vermutlich wieder mit einer weiteren Grausträhne im Haar und ein paar Falten mehr um die Augen. Du setzt Dir ein Lächeln auf und wirst zu mir sprechen, als wäre ich ein grippekrankes Kind.

Und ich sitze hier stumm in diesem ewigen Ich-weiß-nicht-was. Ein Hotel? In diesem Zimmer meiner Auszeit mit den leicht grünen Wänden und diesem Bild mit Sonnenblumen aus unruhigen Farbstrichen, die so weit weg sind von höherer Natur wie Du selbst.

Ich sehe schon, wie Du mir eine Schachtel Schokoladenkugeln in die Hand gibst, die ich dann abends hier ans Personal weiterreiche, weiß vorweg die Wörter schon, die du mir sagst, über die Kinder, die Ländereien, und ich ahne auch das, was Du nicht sagst, beispielsweise über die dicke Birga oder den feschen Eberhard und dies oder das. Wird all das wieder wegschweben, wie die kleinen Schirmchen der Pflanze, die ich „Federstern" nenne, die ihr aber als Löwenzahn aus Euren Gärten ausrupft …?

Und ich, sprachlos, könnte Dir nur aus dem Bauch und Hals heraus mit „öh" und „uh" und „äh" antworten.

Denn nach wie vor, seit jenem einem siebten Tag macht meine Zunge nicht mehr mit. Aber tönen wie die Tiere möchte ich nicht, lieber nicke ich Dir nur nichtssagend in Deinen nebligen Blick.

Aber heute, heute will ich nach meiner Art das klären, was von mir zu Dir war und mehr noch, was nicht war, und ich will es Dir schreiben als Frucht nach langem Schweigen.

Nüchtern und nicht so vernichtend wie die junge Frau aus der oberen Etage des Hotels, Undine heißt sie, die dann und wann wie in Geborgenheit am Bach des Parks sitzt und über ihren Mann klagt.

Und ich hoffe, dass heute nicht der weiße Hoteldirektor hereinplatzt, mein Handgelenk umfasst und wieder wie immer versucht, mich zum Sprechen zu bringen. „Äh, öh, üh“ oder „üh, öh, äh“ hätte ich ihm gegenüber zu verlauten - je nachdem, wie meine Stimmung ist.

Mit Dir und mir fing es an in der Dämmerung eines Junimorgens.
Du schliefst im Buschwerk einer Waldlichtung, einen scharfen Geruch ausatmend, den ich erst gut sieben Wochen später als Branntwein deuten konnte.
Ich roch dich damals, wie Du warst, weit über den Branntwein hinaus, und hörte mal Dein leichtes Schnaufen, mal einen Laut nach Art der Eber. Ich überblickte dich und dann lief alles nach Plan: Du erwachtest, fingertest mich wie gesetzmäßig ab an Körperstellen, die bis dahin für mich einfach nur so da waren, mehr symbolisch, als für den Gebrauch bestimmt, die dich im Nu hitzig machten und keuchen ließen, irgendwie wie ein ausgehungertes Tier kamst Du mir vor. Das alles war so vorgezeichnet, wie auch der arge Anschluss mit Deinem, nennen wir es „Stück“.
Meine Mutter hatte mir diesen Ablauf eingeschärft und mich außerdem nachdrücklich angewiesen: „Du musst dich dabei in kleine spitze Schreie steigern!“ Das tat ich und sah währenddessen, wie sich die Blätter des Buschwerks regten, lag lernend unter der Mühe und Arbeit Deines Körpers und beobachtete zwischen meinen Schreien, wie ein kleiner Käfer einen Grashalm hochkrabbelte, ein Sonnentropfkäfer, der bei Euch Siebenpunkt heißt.
Nun gut, damit jedenfalls fing unsere Ehe an. Es folgte die Feier der Hochzeit: Du, ein Herr großer Güter, in Schwarz, ich, dazugesetzt in Weiß verkleidet, ein Jaja vor Eurem Gottvater und seinem Zeremonienmeister, dann die Dorfkapelle, Getanze und Teller mit Bergen von Früchten und toten Tieren, Unmengen von Flaschen, bis sie leer waren, und in mir keimte schon das Kind. Das war Hochzeit.
Hat Hochzeit etwas mit „hoch“ zu tun? Hohe Zeit? Höhere Zeit? Höchste Zeit?

Nun, ich will mich nicht versteigen. Und Zeit? Ein großer Vogel, dem ich auf dem Flügel hocke, der Euch im Griff hat, in einem dunklen Flug, den ihr nur in Punkten begreift wie Glühwürmchen, in dem, was war oder noch nicht ist.
Ich meinerseits stellte mich auf Eure Punkte ein, auf Tage, Monate und Jahre. So sind wohl inzwischen weit über sieben Sommer dahingepunktet seither.
Es ist Zeit, höchste Zeit, alle Schleier zu lüften.

So lies: Ich war aus einer anderen Welt, der Welt der Naturgeister - ich bin von Geburt her eine Elfe. Jetzt sehe ich Dich schon, wie Du lesend den Kopf schüttelst. Trotzdem kläre ich Dich weiter auf.
Alle Naturgeister, lass Dich belehren , haben ganz anders als Ihr Menschen keine eigene Seele für sich; aber wir sind verbunden mit dem, was Ihr nicht mehr kennt, nämlich der großen Weltenseele, die alles umfasst, trägt und ganz weites Leben ausmacht. Aus solchem Leben wurde ich ausgestoßen.
Letztlich lag alles, unsere Begegnung und unser Scheitern, am Ehrgeiz meiner Mutter. Sie war besessen von der Idee, die Grenze zwischen Mensch und Elfen aufzuheben: einmal jene besondere menschliche Seele in sich zu spüren.
Über dem Wunsch danach war sie alt geworden, zu alt, aber die Idee war nicht mitgealtert. So trat ich wieder in ihr Leben und sie in meines: „Wenn nicht ich, dann Du. Du bist ausersehen für die Einzelseele.",hatte sie mir gegenüber großmütig beschlossen.
Wie das zu laufen hatte, schilderte sie mir so: „Etwa wie bei den Tieren, Melusine. Ein männlicher Mensch schließt sich Dir da unten an, du wirst dich da verändern, er verabreicht Dir eine Flüssigkeit und genau in dem Augenblick hast Du eine Seele und bekommst ein Kind. Alles bei den Menschen läuft vermutlich über den Bauch. Das sollst Du nun, mein Töchterchen, alles wundersam erleben." So schwärmte sie mir vor und schon damals verstand ich nicht, warum ihre Augen bei dieser Vorstellung so glänzten, so, als wäre sie selbst schon menschenhaft

beseelt. Als ich dann alles am eigenen Leibe mitmachte, begriff ich noch weniger, weshalb jener Anschluss, jene Fünfminutenhektik, so wünschenswert wäre. Was daran war und kam an Seele. Was wundersam sein sollte gegenüber den Elfen, die sich durch dichtes Begegnen der Gedanken miteinander vermehren, zart und eben „elfig" über die Weltenseele. Meine Einzelseele jedenfalls huschte bei allen Anschlüssen an Deiner vorbei.
Dann sprach meine Mutter noch über dies und das aus Eurem Dortsein und so nebenbei nannte sie eine Auflage, die der Sache mit der Seele und uns beiden gesetzt war. Unter dieser Bedingung zersplitterte dann alles. Du erinnerst dich an den jeweils siebten Tag, den helle ich Dir nun auf:
An diesem siebten Tagen eures Zeitrechnens kam meine Elfennatur durch, der Zugang unten wuchs zu und, noch sichtbarer: Es brachen meine Flügel hervor. Da konnte ich Dir dann nicht zur Verfügung liegen - und ich durfte Dir das auch nicht binnen einer gesetzten Frist von sieben Jahren mitteilen, erst danach, und dann erst sollte unten durchweg entsperrt werden. All dies also noch als Bedingung obendrein. Ich möchte meine Mutter verwünschen.
Folglich zu jedem siebten Tag verzog ich mich in unser Gartenhaus, blieb ganz für mich und vergaß Deinen leicht misstrauischen Blick, als wir dies vereinbarten. Und siehe da, meine Flügel schrumpften von Mal zu Mal um ein paar Millimeter, als sollten wir beide brav belohnt werden. Um das Schrumpfen zu fördern, unterließ ich heimliche Flugversuche.
Immerhin, mit dem siebten Tag des Ausschlusses des Anschlusses lief es zunächst gut. Dann, nach einem halben Jahr, hörte ich, wie Du Dich unserem Dienstmädchen anschlossest, der dicken Birga. Und das hielt ich auch für gut so, gehörte sie doch zum Haushalt und entlastete mich. Dank meiner feinen Elfenohren bekam ich mit, wie Birga dabei in einer Art Melodie schrie.
Davon hörte ich mir etwas ab – und schrie Dich anschließend ab da mit mehr Singsang zufrieden. Das schonte die Stimme,

stachelte Dich an und amüsierte mich. Ja, die Birga, die Dir einfach schön entsprach, das wurde mir klar, als ich sie einmal duschen sah: Sie hatte viel, was ich nicht habe, weiche, gewaltige Wölbungen von Fleisch. Darüber fiel einträchtig Wasser. Ich weiß nicht mehr, wer sie einmal Mutterschiff nannte, mir kam ihr Körper eher wie eine prächtige Birne vor. Birgas Fell über dem Zugang fiel mir besonders auf: es war nicht wie bei mir dreieckig, sondern eher wie eine Mondsichel - war das nun Natur oder geschabte Frisur, fragte ich mich. Dann ihre Brüste, üppig wie Bauernbrote - und ihre Knöpfe darauf waren Inselchen in der Größe eines Lindenblattes, nur ohne Zacken ... Ob ich von Dir oder dem Gärtner erfuhr, dass Ihr die Knöpfe auch Warzen nennt? Ich hatte dieses Wort nur von unserer alten Nachbarin gekannt, die einen dicken braunen Pickel auf der Nase hatte und mir einmal sagte, sie wolle sich nun endlich die Warze von der Nase entfernen lassen ...
Zu meinen zwangsläufigen Schwangerschaften - zwei waren es - kann ich wenig Wesentliches sagen; sie liefen irgendwie so ab, über einen dicken Bauch, umständlich, sie machten mich träge - eben das Ergebnis einer gedankenlosen, menschlichen Bedingung. Dann der Schreckensschrei der Geburt. Ich gewöhnte mich bei der Aufzucht etwas erstaunt daran, dass Euer Nachwuchs lange Zeit so hilflos war, anders als die Elfenkinder, die ganz einfach da und aus sich heraus fertig sind für eine weite Welt.
Alles in allem hat sich dann ja auch die dicke Birga stets um die Kinder gekümmert, bis auf eine Woche Urlaub, von der sie etwas blass und geschwächt zurückkam.
In dieser Zeit musste ich unseren Sohn selbst trockenlegen und da weiß ich noch von einem Vorfall. Als ich dem Kleinen die Windel wechselte, berührte ich ein paar Mal sein kleines Stück, das dann wuchs. Du hattest mir dabei über die Schulter geschaut und sagtest: „Lass das Zipfelchen." Das Wort war neu für mich; ich merkte es mir und versuchte es auch einzugliedern in dieses weite Sprachfeld, mit dem ihr alles um den Anschluss bezeichnet, fast schöpferisch, lusthaft schöpferisch.

Und noch eine Vokabel, die mich wundern ließ, ein Wort, das mir völlig unpassend und lachhaft zugleich vorkam.
Ich erfuhr es, als du nach zwei Jahren Ehe auch während der sechs Tage zur dicken Birga gingst und mir zum Ausgleich einen anderen Anschluss mit dem feschen Eberhard, unserem jungen Gärtner, nahelegtest, so eindringlich, dass ich neu darüber nachdachte, was Seele und Anschluss miteinander zu tun haben könnten.
Ich ließ mich dann darauf ein, hinter einer Himbeerhecke im Garten. Eberhard verhielt sich zunächst etwas wie ein Wolf zweiten Ranges, der auf das Zeichen zum Zubiss auf die Beute wartet. Der Anschluss verlief anders, aber nichts war daran, was sich als besondere Erinnerung anschloss; bis auf seine Beine, die voll blonder Haare waren, so dass ich an die Ferkel im Stall denken musste. Und ich fragte mich wieder, wie ihr Wesen essen könnt, die euch allein schon von der Haut her so nahe sind?
Angenehm wäre mir damals ein Gedankenaustausch mit Eberhard über euer Wort „Unkraut" gewesen, aber für diesen Punkt blieb keine Zeit. Dein Interesse an diesem Sonderanschluss mit Eberhard war größer. Du wolltest alle Einzelheiten des Verlaufs wissen: „Was war dann … und danach - und wie war er überhaupt …?" Und dann fiel das wunderliche Wort, in Deiner zugespitzten Frage, wie sein Stück denn ausgesehen habe. Du gebrauchtest dafür das Wort, was ich bislang nur kannte für das, was die Hunde oder Pferde auf entgegengesetzter Seite tragen. Sieben Sekunden dauerte es, bis ich das verstand.
So verglich ich Dein Stück mit einem großgewachsenen Champignon und beschrieb das des Gärtners als fette Forelle.
Einzelheiten, die ich so ausschmückte, wie Du es wohl hören wolltest, bis Du mich dann nahmst, gierig wie beim ersten Mal, damals in der Waldlichtung, als mir die Seele eingepflanzt wurde. Eine Seele, die mir immerhin erlaubte, ein paar Eurer Wörter zu bedenken.

Nun, wer weiß, was ich noch alles davon gelernt hätte, wenn es nicht diesen einen verhängnisvollen siebten Tag gegeben hätte, im sechsten Jahr unserer Verbindung.
Wie immer hatte ich mich ins Gartenhaus zurückgezogen mit einem Buch oder Wolle zum Sockenstricken … Die Flügel am Rücken hatten sich inzwischen handklein verkürzt, nur unten war wie stets Sperrtag.
Und dann brachst Du die Vereinbarung und die Gartenhaustür auf, ich sah und roch Dir Branntwein an. Von der Flügelei auf dem Rücken sahst Du nichts, Du standest im Türrahmen wie ein bedrohlicher brauner Bär - nur dass du lalltest:
„Warum versteckst du dich?“ Dabei war Hast in Deinen Augen, eine, die nach dem versperrten Zugang äugelte. Und das reichte schon: Die Bedingung war damit verletzt. Nicht nötig, dass ich mich in eine Ecke flüchtete oder Dir die Stricknadeln entgegenhielt - ich erstarrte im Gartenhaus, außerhalb aller Welten. Das Sprechen blieb mir weg, und ich weiß nicht, wie viel Zeit verging, bis du mich schließlich ernüchtert am Arm nahmst: „Du brauchst Abstand, Liebes!“, und mich in dieses Hotel fuhrst. Die dicke Birga hatte die Koffer gepackt. Wo die Kinder waren, weiß ich nicht. Ich habe sie elfig losgelassen.
Ich denke, denke viel und schlafe wenig. Mein Zugang unten ist nun da, ohne Unterbrechung. Die Flügel blieben als kleiner Knoten zurück, als hieße das: „Es war einmal …“
Hätten wir vielleicht eine Grundlage, um wieder neu zu beginnen, bevor ich mich in ein ich weiß nicht welches Ende denke, hier eintönig im Hotel, im Blick auf die Bäume, mal mit, mal ohne Blätter - und Du mir ganz wegalterst?
Kann ich oder will ich, was ich denke? Was bleibt von mir zu Dir?
Verbunden hat uns vielleicht jene Stunde Abendsonne.
Ich ruhte auf der Veranda still vor mich hin, als Du von der dicken Birga kamst und dich neben mich setztest. Wir schwiegen beide, teilten die Einsamkeit wie ein Bruder mit seiner Schwester, und es war eine große Ruhe. Das und nur die ist es, was mich an einen zweiten Anfang für uns denken lässt, über

alle Bedingung hinweg. Zerrissen, aber nebeneinander in den Rest, in die gepunktete Zeit und die verstückte Welt. Ob ich wieder sprechen könnte und das auch möchte? Plötzlich? Oder allmählich?

Bald dürfte nun die Bedienung kommen, die junge Frau in ihrem blütenweißen, aber nicht nach Blumen duftenden Kleid.
Sie wird mir die verschiedenfarbigen Kästchen mit den bitter schmeckenden Bonbons bringen wie jeden Tag zu diesem Zeitpunkt.
Und wie üblich wird sie sagen: Das rote Kästchen bitte erst kurz vorm Schlafengehen nehmen.

Ach, was hat meine Mutter nur in Eure Welt gesetzt …
Gehöre ich noch zu ihr, zu mir oder zu Dir, wenn ich nun schreibe: Deine Melusine?

(K)Ein Gedicht entsteht
oder: Rilke stiftet eine Ehe

Die Werbetexterin Uschi liebte den Dichter Rainer Maria Rilke und zu ihrem Missvergnügen noch immer ihren Freund Viktor. Letzteres trotz schnittiger Trennung und mit mancher Motte Wut im Bauch.

„Verzeih mir den Ausrutscher. Vielleicht habe ich eigentlich nur feststellen wollen, ob Du die beste bist?", hatte er am Tage danach mit Rosen in der Hand die Boulevardszene seines Seitensprunges kommentiert, die Uschi dank satanischen Zufalls vor Augen geführt bekam. Sie wollte ihn in seiner Wohnung mit einem Abendessen überraschen und wurde selbst überrascht von ihm. Er plätscherte in seiner Badewanne mit der, oder wie sie mittlerweile schon vermutete, mit einer der Anderen. In dieser Szenerie war es ein blondiertes Flittchen mit Schaum auf dem Rücken.

So ließ sie ihn tags drauf klappernden Herzens auf der Wohnungstürmatte („Welcome!") mit den Rosen der Reue und seiner Selbstanalyse stehen. Zu die Tür.

Was nun Uschi vor einem halben Jahr ihrer Freundin Nicole geraten hatte, nämlich sich nicht nach einem Liebesfiasko blindlings auf einen Barhocker in männliches Jagdrevier zu wagen, sondern die angespannte Stille und Trauer zu tragen und zu verarbeiten, wollte oder sollte sie sich nun auch selbst verschreiben.

Ich bin eine Frau der Worte, der wirkenden Worte, sagt sie sich nun. Ein Gedicht in diesem meinem Schmerz zu schreiben, das ist mir angemessen.

Eigentlich hätte sie sich in dem Liede wiederfinden können:

„Die Liebe klebt wie Bärendreck, man kriegt sie nicht vom Herzen weg, die Liebe ..."

Aber sie fühlt sich ja nun einmal dem gehoben Schmerz verpflichtet, der Kunst und dem Allgemeinen, nicht nur Nicole, sondern der ganzen Gesellschaft, wenigstens denen, die sich ihren Gefühlen auch stellen. Sie schreibt schlicht auf ein weißes Blatt:

Er ging …

Sie durchkreuzt den Satz und schreibt „Du gingst“. Das „Du“ ist offener und lädt generell auch Männer und Lesben ein, sich in den Worten zu finden, sich hineinzuleben.
Eigentlich, denkt sie, stimmt „gehen“ ja auch nicht. Er ist gegangen worden. Von ihr. Also mehr Tatkraft in den Abschied tragen …?
Warum kommt ihr jetzt nur so etwas Schwachsinniges in den Kopf wie „Abschied ist ein scharfes Schwert“ und dazu die Parodie „Abschied ist ein schweres Schaf“. Schaf, Bock … „Den Bock in die Wüste schicken.“ Nein, nicht Schaf, nicht Bock, sondern Lamm. „Ein Lämmlein steht im Walde …“
„Das Schweigen des Lammes“… Sie lacht, aber bitter, und zwingt sich zunächst zu einem Beginn, der auch ihre Aktivität beim Abschied andeutet, sanft.

Dem Nebel gab ich Dich, der schweren Schwebe…

Oder lieber „der schwarzen Schwebe?“ Das wäre ein noch reizvollerer Widerspruch als „Schwebe“ zu „schwer“, nämlich schwarz zu Nebel, der ja weiß ist. Man muss dem Leser ja auch etwas zumuten dürfen. Zu Nebel, weiß, würde tatsächlich „Lamm“ passen. Ein Lamm, Inbegriff der Unschuld, verirrt, beziehungslos … Das träfe teilweise auf sie selbst zu. Teilweise. Man muss sich ja auch nicht total outen, sondern schöpferisch sein, über sich hinaus etwas schaffen. Sie bildet ein Bild:

Ein Lamm sucht sinnend seine …

Ja was nur? Ein Lamm sucht? Nein, das Bild passt doch nicht. Man könnte dabei an „Opferlamm“ denken. Sie gönnt sich ein Glas Rotwein und entschließt sich nach dem fünften Schluck,

das Lamm - ein Tier ist immer gut und sollte bleiben - durch einen Vogel zu ersetzen. Etwa eine Eule? Da denkt man zu sehr an „alte Eule“. Vielleicht eine Nachtigall? Das ist zu abgedroschen. Die Lerche wär's am ehesten, eine Lerche, die sich über alles erhebt, mit freiem Gesang und hoch über den Dingen. Außerdem schwebt die Lerche ja auch irgendwie, das hebt sich sinnvoll ab von „schwerer Schwebe“…
Sie als Lerche, die im Singen alle Trauer trägt und überwindet, nicht in schwerer Arbeit, sondern beschwingt. Ein beschwingender Aufschwung über allem Irdischen. Sie schreibt nach einem zweiten Glas Beflügelung:

Die leichte Lerche lacht ein großes Loben …

Darüber fliegen Uschis Gedanken jedoch nicht hinaus. Mit dem Vorsatz: Ich brauche frische Luft, Inspiration! lässt sie ihr Konzeptblatt noch unzerknüllt liegen, nimmt ihren Frühlingsmantel und verordnet sich einen kleinen Spaziergang ums Viertel. Sie geht an ihrer früheren Stammkneipe, der „Offen-Bar“ vorbei, ein gemütliches Fleckchen ohne Rauchverbot. Sie beschließt, dort nur einen Kaffee zu trinken, der dann ein Rotwein ist. Vom Nachbarhocker aus reicht ihr ein etwa dreißigjähriger Mann Feuer zur Zigarette. Sie dankt mit den Worten: „Ich wollte es mir immer abgewöhnen. Ein Laster.“
„Ja!“, sagt er, „Aber Menschen, die keine Laster haben, haben auch nur wenig Tugend.“
Sie sprechen sodann über die kleinen Freuden des Daseins, eben über den kontrollierten Genuss, für den beispielsweise, sagt er, seine Frau überhaupt kein Verständnis gehabt habe. Zum Rauchen musste er auf den Balkon gehen. Aber nun sei er seit einer Woche geschieden, und das sei auch gut so.
Er bestellt sich ein Glas Pils und ihr einen weiteren Rotwein, sie dankt und testet ihn eingebungsvoll mutig mit der Frage: „Übrigens, kennen Sie Rilke?“ Gnade des Zufalls, er kennt ihn, aber statt prosaisch „Ja“ zu sagen, zitiert er:

„Die Einsamkeit ist wie ein Regen.
Sie steigt vom Meer den Abenden entgegen;
von Ebenen, die fern sind und entlegen,
geht sie zum Himmel, der sie immer hat.
Und erst vom Himmel fällt sie auf die Stadt …"

Die letzten beiden Zeilen erfüllen den Kopf zu Kopf-Zwischenraum mit einem Duett, denn Uschi hat mit zitiert - mit der Oberstimme der Glückseligkeit. Angerührt erzählt sie von ihrer Diplomarbeit: „Der Todesaspekt in der Dichtung des frühen Rainer Maria Rilke". Im Glas funkelt der Rotwein.
„Ja, der Tod und die Liebe - Grenzsituationen des Lebens", sagt er nach einem kräftigem Schluck Bier. Weiterer Rotwein, noch ein Bier und begreifendes Gespräch entdüstern das Thema der Diplomarbeit.
Er ist ebenfalls Germanist, Deutschlehrer, und sagt ihr, er habe daheim in seinem kleinen Appartement die Erstausgabe von Rilkes „Stundenbuch". Ein antiquarisches Schnäppchen aus Salzburg.
„Vielleicht möchten Sie es gelegentlich einmal anschauen?" Sie jubiliert innerlich, preist den Zufall als göttlich. Kein banales: „Darf ich Ihnen meine Briefmarkensammlung zeigen?" oder gar „Ich möchte Ihnen das Frühstück an mein Bett bringen." Endlich mal ein feinsinniger Mann. Sie bedenkt sich nur kurz, dann sagt sie sich: „Manchmal geht Trauerarbeit eben auch schneller, im Akkord des Lebens." Und mit spontanem, emanzipatorischem Zungenschlag lächelt sie: „Eine Erstausgabe? Die wollt´ ich schon immer einmal in Händen halten. Wenn das heute wäre, ich hätte Zeit und nichts dagegen."

Die sich anschließende Nacht war Schlusstakt ihrer Poesie und Auftakt einer doppelt erfolgvollen, fünfjährigen Ehe. Die Erfolge nannten sie Rainer und Maria.